十个

苏东坡

Su
Dongpo

王亚 著

陕西师范大学出版总社

图书代号　　WX23N1881

图书在版编目（CIP）数据

十个苏东坡 / 王亚著. —西安：陕西师范大学出版
总社有限公司, 2023.11
ISBN 978-7-5695-3827-4

Ⅰ.①十… Ⅱ.①王… Ⅲ.①苏轼（1036–1101）—
宋词—诗歌欣赏 ②苏轼（1036–1101）—生平事迹
Ⅳ.①I207.23 ②K825.6

中国国家版本馆CIP数据核字（2023）第163082号

十个苏东坡
SHI GE SU DONGPO

王　亚　著

出 版 人	刘东风
选题策划	谢婧怡
责任编辑	焦　凌
责任校对	张　佩
封面设计	林　林
封面绘图	林　庵
书名题写	锺叔河
出版发行	陕西师范大学出版总社
	（西安市长安南路199号　邮编 710062）
网　　址	http://www.snupg.com
印　　刷	北京中科印刷有限公司
开　　本	880 mm × 1230 mm　1/32
印　　张	8
字　　数	133千
版　　次	2023年11月第1版
印　　次	2023年11月第1次印刷
书　　号	ISBN 978-7-5695-3827-4
定　　价	48.00元

一个伟大生命的叙事短章

停云 （代序）

晨醒，不知几时，窗外有飞蛋低鸣。天色变亮，月便渐渐迷糊，成了一抹晕开的牙白色。半空中倒有几撇轻云，在深青灰如布面的底子上，游来荡去。

天的深灰渐渐褪去了一二分，又被敷上了一重新的颜色，一重灰一重蓝，成了深蓝灰，衬得云更好看了。原本轻盈的白，如今又加了一重，先前显得轻飘飘的云，忽而跟长胖了似的，干脆停在那儿，动不了了。白胖的停云衬得天益发趋于阒静，安宁得有些慈悲。

"停云，思亲友也。"这是陶渊明诗《停云》里的序，他的云积了雨，霭霭阴霡。雨来雨歇，云行云停，唯"停"字慈悲，可承载思念。六百多年后的一个冬天，在儋州的苏东坡看海外停云，也起了思念，作《停云》四首，是隔着时空与陶渊明两相应和。

于人的时间而言，天上的日月星辰都是恒在的，而人

I

们头顶的云从来都不是同一片。唤醒陶渊明前夜酒梦的阳光也映上了苏东坡的窗，挂在苏东坡庭中疏桐上的月也是陶渊明荷锄归时的那一轮。天上云总悠然而来倏然而往，如同时间的流动。苏东坡与陶渊明隔着的六百多年里，多少云来了又去，就有多少时间与世事消弭无踪。时间的流逝里，时与事皆浮云，终得散尽。

与东坡同时期的画家郭淳夫擅画山水寒林，画面旷远之处，总有烟云缥缈。他在《林泉高致》里写云："四时不同，春融怡，夏蓊郁，秋疏薄，冬黯淡。"其实，云又何止"融怡""蓊郁""疏薄""黯淡"四态，它们自来飘忽不定、变化万端。天空所有的变化几乎都在于云，仿若世人生命里的各种遭际，连苏东坡的人生也脱不开这飘忽。

或者说，停云更多时候是一场迷藏，似在山重水复间寻出路，停云之后，始得舒卷自如。

人的行止亦如是，走走也须停停。来来去去，总得寻一席之地暂歇，歇好了再停停当当前行。譬如"乌台"一案后，苏轼"停"在了黄州，东坡开荒地，也筑雪堂，停些时候才有了"谁怕"的徐行，而后再往惠州往儋州也心到人安。柳河东在永州一停便是十年，以山水洗困顿，也将山水铺纸作文章。张岱停在西湖做了一个冗沉的繁华梦，梦外亦只剩他的孤独。陶渊明最洒然，在南山"停"下来就不走了……我"停"在光阴的这一端，看他们行一程歇一程。他们与世俗人一样，不过是在时间里停了一回。他们又不同于世俗人，浮云散尽，日月淹忽，他们还在长长久久地走。

宋乾道三年，朱熹也有一程行止，由新安往长沙访张栻并会讲岳麓。是年冬，二人结伴游衡岳，过楮洲浦湾时，见山川林野风烟景物一如诗境，便靠岸停船歇了一夜后，又往衡山。那日停云霭霭，天寒欲雪，衡云湘水，于斯攸归。

后来，人们将此地命名为"朱亭"，意为朱子停歇处。

朱亭就在湘江畔。我在朱亭看天上停云，也看湘江北去，如同看苏轼、陶渊明、张岱、朱熹们的行止。我拉他们铺毡对坐，一同看云停停走走，他们便在我这里也停了一回。本书大约能算佐证。苏轼是主客，停得最久，其余则权当他邀约的来客。他们仍旧是天上云，而我匍匐在地。

我看停云时，也起思念。

记得祖父在世时，最爱哼《空城计》，第一句是"我本是卧龙岗上散淡的人"。他唱的时候，并非像京剧演员一样，将这一句算作铺垫，重点在后面的苦心孤诣。他唱的重点就在散淡上面，喝了点酒会更不一样，眯缝着眼，轻轻缓缓地击节，脑袋随着韵律曲宛摇晃。祖父的哼唱里有停云之闲，是真散淡呀。

那日，天上也有白胖的云，慈悲地停了半晌。

壬寅素秋，湖南株洲

目录

绝　　响

建中靖国元年六月，东坡归常州。

他头戴小冠，衣披半臂，坐在小船中，运河两岸，万千人缓缓跟随。东坡回头对舟中人笑："莫看杀轼否？"那日，暑气尤甚。

廿余年前，他也在常州，也坐船头，经渡口时，高呼："舣舟，舣舟！"

而这回，他已经喊不动，载他的小舟也停不下来了。东坡颓然老去，生命堪堪到了尽头。

两个月前，东坡正过金陵，在江上邂逅八年未见的杜孟坚，感怅不已，便作《江上帖》。江上所书漫不经心，一派萧散。笔触里已见垂暮老态，气息时有断续，再不复当年峥嵘气。忽忽如垂老琴师奏《广陵散》，几带起，几拨刺，不疾不离，缓缓弹。细细审之，从容虽犹在，止息间已气力不逮。本该有的慷慨淋漓矛戈纵横，已然蹉跎至穷途，幸得最后一声收束仍旧痛快。譬如，东坡在常州运河上冲岸边与舟中人的那一笑。

皆为绝响，《广陵散》和《江上帖》。

过江后，东坡上真州金山寺，见李公眠所画东坡像，自题云："心似已灰之木，身如不系之舟。问汝平生功业，黄州惠州儋州。"也是绝响。

人 书 俱 老

永州柳子庙中有《荔子碑》，因起首句"荔子丹兮蕉黄"而得名。碑记文辞出自韩昌黎，碑文颂柳河东，书者为苏东坡，故称"三绝碑"。

永州淹蹇十年，柳河东作"渔父吟"、"羁鸿哀"、山水记。也幸而永州十年，让他得以与这些山水相晤，以山水洗困顿，将山水铺纸作文章。永州之后，柳河东成了柳柳州。四年后，种柳柳江边的柳柳州殁于柳州，便有了韩昌黎的《柳州罗池庙碑》。两百多年后的元符三年，苏东坡自儋州还，迁调廉州。廉州就是"合浦珠还"之合浦。

在合浦的苏东坡为柳柳州写下"荔子丹兮蕉黄……"

荔丹蕉黄，中流风泪，白驹入庙，桂树团团，猿吟鹤飞，百姓祈福寿、驱厉鬼，风调雨顺……《荔子碑》笔法看似拙朴浑沉，力道却不输，点画之间，锋棱宛然，透出骨子里的凝重。一气读下来，退之诗、东坡字，皆神完气足。东坡年轻时行笔里蔓逸了机巧，老了后便形质不显了。东坡此时，人书俱老。

"人书俱老"实则是老而未老。譬如，秋日的风漫过芭蕉叶，企图彻底将那大片的叶催成霜色，它独独肯老一点叶的边缘。芭蕉下，溪水漫过溪石。溪石比溪水老，一茬一茬的水漫过来，它还在那里。石上也生出青苔，与头顶的芭蕉绿天呼应着，不须秋风来，水一歇它便萎黄了，也老不过芭蕉。倒是一旁的老屋前，一个半老的人，握一个茶缸，坐在一把老竹椅上，深深啜一口茶，泰然看门前水流西去，辰光渐老，他仍旧老而未老。

在合浦的东坡早将人生跌宕历遍，也年已半老。而今来看《荔子碑》，竟无半分不洽，正是老而未老的坦然。浑似一夜暴雨过后，清风肃然，云气散去，星河满天。东坡过合浦途中亦曾遇连日大雨，桥梁大坏，水无津涯，困厄于大海中。

是日六月晦，无月，而终得云开雨霁，只见天水相接，星光点点。

东坡用《记过合浦》记下了那夜的星辉，末了道一句："天未欲使从是也，吾辈必济。""必济"是笃定，亦是圆融。想来，柳河东左迁永、柳亦如是，天不见弃，何敢自弃？君不见，柳河东的文章在永州，政绩在柳州。

我读《荔子碑》，在永州柳子庙，中殿门楣上镌有四个大字——"都是文章"。永州还有怀素的芭蕉，绿天蕉影，荫满中庭。蕉可作字，为天授之笺。河东文、昌黎记、东坡书，也是天授。

昌黎先生为柳子作此篇两百多年后，苏东坡在岭南也为韩昌黎作了一碑记，一样悼之以"荔丹""蕉黄"。韩柳二位老友算隔着文章又相逢了。

无　羁

东坡意欲老死儋州时，一纸赦书来诏，终得北迁合浦，经澄迈渡海。

东坡在儋州所养名为乌嘴的狗也伴在左右，乌嘴性灵，知主人得赦北归，亦是欣喜欲舞。乌嘴像孩子一样顽皮，过澄迈长桥时，一跃入河泅水而渡，路人皆惊。"乌嘴的祖宗定然是黄耳，可以代为寄家书了。"东坡想到这里抚髯而笑。黄耳是陆机灵犬，曾为主人衔筒寄家书，遇水则依渡船而泅，可不跟乌嘴一般吗？

澄迈驿有通潮阁，登阁北望，天低鹘没处，青山只一发，便是中原内陆。而近前处，白鹭横秋浦，青林没晚潮。是该归去了！

回到驿馆，老友赵梦得遣子来拜。梦得仗义，对流落海上的东坡多方照拂，还曾千里走中州代呈家书。东坡亦重情，有龙焙好茶不肯闭门独啜，必邀梦得。梦得此刻在广西，在澄迈不得见，北归后，会否在海康一晤呢？

临歧将别，东坡提笔写下《与赵梦得书》（《渡海帖》）：

轼将渡海，宿澄迈，承令子见访，知从者未归。又云，恐已到桂府。若果尔，庶几得于海康相遇；不尔，则未知后会之期也。区区无他祷，惟晚景宜倍万自爱耳。匆匆留此纸令子处，更不重封，不罪不罪。轼顿首，梦得秘校阁下。六月十三日。

大约所有辎重都卸去，此帖全然不计工拙，信手而出。初看似乎每个字都略显丰腴，且呈右上倾斜之势，实则长短肥瘦各有度。

整体再读此帖，落笔痛快，章法参差，字法错落，墨色淋漓，似携了大海风涛之气。愈至后两句愈恣肆，竟至意气飞扬，最后"不罪"二字，行笔自在又一派天真，就如乌嘴纵情一跃。此帖卷幅上有乾隆所题"见真率"三字，这位素爱题字的皇帝书法不行，眼力倒不俗。真率的东坡写真率的书帖，正是将人生风浪生死悲欢历遍之后的无滞无碍，人书无羁。

"无羁"是倦了倒头便睡，饿了端碗就吃，暑天夜里吹吹凉风，天寒时喝口热茶，春花谢了免去清愁，秋叶落了不必哀叹，大致就是这样。须知眼前事未必将来时，一事有一事的淹蹇，一时有一时的通脱。

几日后，东坡仍会在海上遭遇风雨狂呼号。风雨过后，天地必自涤清，乌嘴也会守着他，一同看星月。乌嘴的眼睛睁得很大，不调皮了，默坐端然。

栖　迟

访儋州东坡书院。载酒堂两侧有碑刻，一路看去，最后一碑是《献蚝帖》。我笑，可借了老苏此帖最后一句来，吃海南海鲜可名曰："分我此美也。"

时值己卯冬至前二日，有村人送了生蚝来。东坡与苏过将生蚝一一剖了，得了数升蚝肉。将肉与浆汁、酒一起煮，鲜美异常。东坡曰："未始有也。"还有大一些的生蚝，就用如今炭烧的方式炙烤，大约又是一番恣意啖咂。帖中还提及其他海国鲜食，蟹、螺种种。好吃的苏东坡，幸而在海南也能得了此美。

蚝鲜美，《献蚝帖》亦美，或者说，从美的层面而言，"献蚝"更甚于"渡海"和"荔子"。《荔子碑》朴拙，《渡海帖》潇洒，《献蚝帖》如凭栏缓板而歌，竹肉相发。此"蚝"形味皆美，更得生趣。大小疏密有致，紧凑宽绰兼具，稳健洒脱齐备，此为形。小蚝和酒煮，大蚝以炭炙，隔帖都能咂摸出味儿来。咂摸咂摸过后，他还得叮嘱儿子一句："慎勿说，恐北方君子闻之。争欲为东坡所为，求谪海南，分我此美也。"这就得味儿了，哈哈！

再以人比，"献蚝"可算戏曲里的大冠生，有书卷气，有雅逸气，端然又潇洒，从容又明朗，而绝不拖泥带水，亦铿锵，亦秀润，亦见浑厚卓然，亦得回风袅袅。大冠生里，《空城计》里的诸葛孔明模样最合此帖。"耳听得城外乱纷纷"，他自从容在城头观风景。行腔一出，能见青天清风清朗月，最得逸气。城头的诸葛孔明亦得骨气和苍脉，只不过内敛且潜藏着，须你细细地寻。大冠生隐着的骨气和苍脉缘于足够成熟，愈听得城外乱纷纷，愈隐藏。

好书帖皆逸气疏朗，东坡"献蚝"又不同于他人。王羲之更娴雅，颜真卿更奇崛，王珣顾盼自若，杨凝式清秀空明，而王献之帖里虽变化倏忽，却有寒意，最好向他父亲借一件貂绒大氅。东坡"献蚝"是已经岁月而无寒气，薄冷天着布袍也心无芥蒂，正是"人生禀气，各有攸处"。这却是王献之《薄冷帖》里的话，话虽如此，帖里总有掩不去的薄冷。

"献蚝"时的东坡的书法已渐老渐熟，"献蚝"之后，东坡法度经"渡海"及至"荔子"便趋于天然了。天然是另一种绚烂。

《献蚝帖》一出，至此东坡可以摩腹道一句"我不负汝"了。

自南徙来，东坡一直负此腹。儋耳难得肉食，五天吃不到一次猪肉，十天吃不到一次鸡肉，薯芋、老鼠、蝙蝠、蛤蟆都拿来果腹，乃至大旱绝粮时，以《老饕赋》的极乐盛筵来哄骗腹肚。负得久了，终得献蚝。

《诗经》有云："衡门之下，可以栖迟。"东坡困于儋耳，亦得栖迟。

寒食，寒食

元丰五年寒食，苏东坡在黄州，这是他在黄州过的第三个寒食。早前人们唤他子瞻（苏轼的字），自黄州始，他号东坡。

定慧院东望，杂花满山，有一株名贵海棠，乡里无人识得，是名花落山野。或者说，是山野接纳了海棠。如同黄州慷慨地收留了苏东坡。定慧院有竹，月下无人时，东坡便独自漫步幽篁下，听虫鸣鸟叫，看孤鸿只影。他自己也浑似孤鸿，拣尽寒枝不肯栖。好在定慧院有参寥禅师，有弹雷氏琴的崔成老，还有名为"甚酥"的油煎饵。

这一年的春天，雨水似乎格外多，东风如过客，总不肯眷顾黄州。凄风苦雨里，那一树海棠纷纷扬扬地跌坠入泥，污蹋成了胭脂雪。几场雨后，屋里更为湿冷，厨房里清锅冷灶，就寻几把湿芦苇塞进灶膛里，煮一点越冬的菜蔬。这才记起是寒食，正有乌鸦衔了哪家烧剩的冥纸从窗外飞过。此情最惊心，乡人皆祭祖，东坡不得祭。

唏嘘之际，两首寒食诗成，寒食是在凄风苦雨里浸出来的。诗又入帖，即为《寒食帖》。

寒食诗里有苦雨气，《寒食帖》却有秋阳气。为何不是春阳？春阳赢弱，不过谷雨难扶正气。也不该是夏日，夏天日头灼烈，少了沉稳气，痛快则痛快了，又太过旺相。秋阳有秋声，得阳气，能见芦苇萧瑟，也有枯树嶙峋，亦得丰收景致。橘子金黄，柿子金红，柚子沉甸甸，秋梨黄灿灿，橘树、柚子树还茂盛着，柿树、梨树枝梢上有二三枯叶在秋风里坚持。枝上有秋阳，也有霜色。王右军曾"奉橘"，在早秋。王子敬曾"送梨"，有晚雪。二帖都有闲逸气，不是霜气。我喜欢霜气。

帖里该还有"晴空一鹤排云上"，也有"雁引愁心去，山衔好月来"。既得蜀道崔嵬，孤猿清啼，更得瀛洲海日生，青崖白鹿跃。苏东坡此帖似李太白呀！

黄山谷曾说"东坡此诗似李太白，犹恐太白有未到处"，如今看来，实在不大妥帖。《寒食帖》似李太白不错，《寒食诗》则如韩退之，连东坡自己都说与退之同病相怜，平生多得谤誉。东坡仍旧不是李太白和韩退之，便是麋糟陂里，他也能看见光。寒食苦雨洗过的东坡，有荦确路，也有曳杖声，《寒食帖》有《寒食诗》里没有的铿然。大约帖为后录，落笔时那份凄怆还在，却多了恣肆和跌宕，也多了几分酣畅。譬如，经霜后的橘子和秋梨。

东坡"寒食"时在意的事情，"献蚝""渡海"时已然忘却，"荔子"则天朗气清了。过这个寒食之前，他经历了一场霜降。

黄山谷又说："东坡书早年姿媚，中年圆劲而有韵，晚年沉着痛快。"霜降是困局，亦是玉成，若非如此，东坡的书法怕还存于早年姿媚中，修为亦然。经了这场霜降，才渐老渐熟，渐一任自然。

往前推六年。熙宁九年寒食，苏东坡在密州。城北有旧台，他命人修葺一新，子由名之曰"超然"。子由说他无所往而不乐，超然物外。他说："诗酒趁年华。"而我更喜欢他黄州之后经霜的天然。

我一直想在某一年寒食，去黄州看看，也尝一尝"其酥"。

新 岁 展 庆

新岁展庆，挑灯捡诗。己亥除夕，诌得"春"句八行，如下：

除夕岁尽庆春时，我自挑灯捡春诗。
老父偏好初春酒，稚子齐着新春衣。
临春处处升平乐，春语晏晏音问迟。
信手裁春与君寄，同得几分春意思。

岁晏自当说吉祥话，今年颇不平静，唯新岁得闲，日日居家读帖捉字。

苏东坡有《新岁展庆帖》。到黄州的第二年正月初二，东坡书一纸寄陈季常，新岁展庆之余兼上元邀约。

此帖字数不足二百，无非新年问候，问起居如何，问何日入城，又告知另一友人公择过了上元才来，大约月末才到，你要不也此时来？恐季常见怪，再说明上元时自己房屋起造一应事宜未完,不得夜游。又说随信送上扶劣膏。终于切入正题,我要向你借木茶臼啊,其实并非借来常用,而是仿制。自然,以铜仿制也未必合心意。若有人能往建州走一遭就更好了,去之前先往季常处看过茶臼模样,便可照着样子买一副回来。到此该说完了吧?他还再加一句,"乞暂付去人,专爱护,便纳上"。意思是,乞求您暂时交给我派去借茶臼的人,一定好好爱护,仿制完成了便还回去。

时值新岁,得了东坡荒地,又逢新屋起造,故友将访。大约自来黄州,未曾有此适,东坡这一纸"展庆"写得十分松弛,如月下缓行,是逍遥游。

苏东坡的逍遥不是庄周的逍遥,没有天空地阔,没有高樗大椿,没有大鹏之抟风九万里,没有神人之乘云气游乎四海。庄子逍遥游所有的"大",他都没有,他只有"小"。东坡小荒地,坡下小茅屋,枝上小鸣蜩,草间小斑鸠,无妨逍遥。

不能御风而行,那就曳杖,"竹杖芒鞋轻胜马"。无红日大光,就看远灯明灭、疏星淡月。再作一曲《哨遍》,叫童子唱来。他自歇了耒耜,执牛角为童子击节,和他一句"归去来"。日落西山,月挂东梢,月光澄澈空明如水。嗯,去承天寺寻张怀民,做两个闲人。陈季常、李公择若来,便茶臼研碎小龙团，熬去许多不眠夜。最不济就摘了东坡野蔬，煮上一锅菜羹，饱食后，睡一觉，次日仍旧杂处渔樵之中，放浪山水之间。

与《新岁展庆帖》笔墨意气近似的还有《啜茶帖》，全帖仅卅二字，通音问，约啜茶，谈起居，着笔看似漫不经心，实则气脉贯通、布白错落。语与字皆缓带轻裘，有间有暇，可见形容、情态、意趣，是一位闲逸淡泊的君子，而又如此生动。

《新岁展庆帖》的逍遥是陶渊明式的，正月初二，问陈季常借了一个茶臼。这陈季常就是"河东狮吼"中的那一位。此处不赘述。

此帖可名"借茶臼帖"或"正月初二帖"。

苏东坡正月初二借茶臼都算不得什么，颜真卿曾乞米，借米不说借，说"乞"，大约能存些颜面吧。相较而言，如今白话的"讨米"简直有嗟来之食的屈辱。拙于生计，举家数月吃粥，到如今箪瓢屡空。"乞米"也须有气骨，一字一句立得极稳，又不卑不亢。这是《乞米帖》。

我读此二帖时，亦在正月初二，庚子年，困厄不得出。幸得柜中有米油，篮里有菜蔬，架上有书册，除却翻书，只剩了"吃睡"二字。

随手翻到《东坡志林》中两则，一则讲措大吃饭，一则说李岩睡觉。囿于斗室久了，也算圆了措大之志，得了吃饭三昧，可与边韶敌手，免去陈抟辟谷。措大是穷书生，志向是吃了便睡、睡了再吃。李岩嗜睡，边韶懒读书但欲睡，陈抟辟谷一睡百余日。穷书生我算得半个，如今也是吃了便睡、睡了再吃，这番吃睡法，也不知哪日才算完结。窗外日光大好，窗外事仍旧糟糕，此刻做个聪辩先生想来不错。

还在新年，仍须祝颂吉祥，岁亦无恙。

殊 不 恶

庚子病厄之于我这样的窗内人而言，做一个措大，也实在不错。有吃喝，能安睡，清风吹堕几上卷，信手拈来牖外云。

此情里，苏轼有一帖最适宜。彼时，他在杭州，病中游虎跑，题诗《病中游祖塔院》曰：

紫李黄瓜村路香，乌纱白葛道衣凉。
闭门野寺松阴转，欹枕风轩客梦长。

十个苏东坡

因病得闲殊不恶，心安是药更无方。
道人不惜阶前水，借与匏樽自在尝。

　　我曾二上虎跑，最近一次大约是四年前。虎跑泉畔有茶社，我要了一壶水，来泡自带的龙井茶。茶一入口，一股子死气，全无清漤甘寒之感，还不如前一日在永福寺时的泡茶用水。我问老板是否为隔夜水？果然，他们头天取了水未煮完，今日再煮，又以塑料壶封存，真是坏了好水。

　　我喝着"死了"的虎跑水，想起苏轼的"调水符"了。早前他在凤翔，颇爱玉女洞中清泉，便派侍从每日前往取水。一日，侍从偷懒，就近打了河水回来。小伎俩自然未能瞒过苏轼，他便以竹筹作"调水符"，交洞旁寺庙僧人，侍从前往取水须将"调水符"一并带回。我并非说虎跑茶社的老板欺瞒，倒也想借老苏这"调水符"一用。不过，与侍从尚且较劲，可见苏轼此时未得了悟，机敏有余，宽容不足。

　　于欺瞒一事，子由倒更豁达，他说："授君无忧符，阶下泉可咽。"也应了子瞻后来这句"道人不惜阶前水，借与匏樽自在尝"。无忧、自在就好，阶前水也甘美，此时的子瞻比"调水符"时多了许多温润。

如此来看，病厄实在"殊不恶"了，至少得了部分自在。

《游虎跑泉诗帖》亦有可见的温润与自在。我读此帖，浑如见墙荫一架新葫芦，又腴润又婉曲，又敦厚又恣肆。青绒绒的藤蔓拖着嫩青的葫芦、老青的叶往葫芦架的端头牵延，拖着跑到最端头，还往墙头漫。架上架下皆有风，夏天夜晚余热退去之后，能有青葫芦香跃进院墙。《游虎跑泉诗帖》自然不仅有葫芦的圆腴和藤蔓的姿媚，关键它还有葫芦架、有院墙，这是筋骨和法度，牵延是基于法度之上的自在。葫芦未老待将老，须经一场秋风、一重霜，更须经些年岁的包浆，那就是金农的葫芦画了，有古气和拙气。苏轼此时不古亦不拙，有秀气和清气，古拙须岁月来玉成。

老葫芦可为匏樽，舀水饮酒自在尝，青葫芦架下风自在，"未老"也殊为不恶。

奉　喧

《奉喧帖》如成都大慈寺盛夏里的绣球，正是锦官城的繁丽，青年的苏轼爱这样的繁丽雍容。

我去大慈寺时，正值盛夏，绣球也正开得好。

　　大慈寺与俗世边界模糊又泾渭分明，只需跨过门槛，便分出了槛内槛外。槛内喧喧如沸，槛外慈悲安宁。寺里又别于其他寺庙的肃穆、刻板，每间大殿前皆养了一缸缸荷花，荷花缸外又种了绣球，院后还有石榴、月季、曼陀罗。花丛里端坐着圆乎乎脑袋的小和尚和十二生肖的公仔，后院还有茶社，有松柏森然，蔽芾其阴。

　　红尘兰若相圆融才是大慈寺。每日里，阳光才落庭院，第一声梵唱就唤醒了花儿、鸟儿、虫儿们，阳光越长越高，又接纳了入寺院的人们。菩萨低眉，居士叩首，僧侣合十而行，年轻的看花，老头老太们拜佛毕就往茶社去了。我看花喝茶，也看人。

　　茶是十二元的绿茶花茶及二十元的花毛峰绿毛峰，价格同人民公园相近，比青羊宫略贵。茶自然都不好，好在安逸，我要了碗绿毛峰，慢慢坐喝。蝉在午后清凉的风里发出秋声，头顶的枣树不时落下几片叶，间或几只麻灰色的鸽子和更麻灰的小麻雀飞落来，衔了饭粒茶屑，又飞起。一个矮个儿的小老儿充茶倌，拎了硕大锡壶在竹椅间游走，添水或上茶。一院子的老头儿老太太，食毕便各自面前一盏盖碗茶，摆摆龙门阵，唱一两段京戏，遛鸟的将笼子往亭上一挂，看一旁下象棋的喊一声"将军——"，渴了也懒得将盖碗端起，俯身去嘬一口又继续玩儿。又有老太太在旁座织毛衣，不时举了织活儿来问身边的老头儿，老头儿摇着蒲扇不耐烦地回一句。一家子坐下扯起了纸牌，不知打法是否跟湖南相似。穿廊角落的老头儿困了，两腿往另一张竹椅上一抻，手半撑了头，一下一下打着盹。

人们在花团锦簇里啜着粗茶，一抬头，云淡天高啊。

《奉喧帖》也是这天高云淡底下的花团锦簇，且一定得是大慈寺天顶的云与大慈寺院里的花，都是青年苏轼眼中与笔下的美好。

苏轼此时的笔墨，足可当得他为大慈寺壁画所题写"精妙冠世"四字，着实地笔势精妙，墨色湛润，丰神雍容。

帖里亦有佛事俗事，如同大慈寺佛界与尘世的圆融。说绣观音、浮沤画、折枝纹的和黄地月儿的绢缬，说妆佛和迎佛像，还有药方子，以及所需花费种种。

这折枝纹和黄地月儿的缬，该是蜀锦，正是锦官城的繁盛模样。《奉喧帖》行文与行气都明腆又跳脱，一如大慈寺庭院的绣球和小和尚，正是青年的美好与活泼。

一帖寄出，大慈寺的佛灯下，宝月大师展笺奉读，颔首频频。

彼时，苏轼在眉州。

唤　鱼

我往眉州时，恰七夕，与苏轼草草相逢。

去三苏祠，也去中岩寺。中岩寺是苏轼青年时求学处，在青神县中岩山。山前有古中岩山门，一入便觉与世隔绝。此间山深林蕴秀，人迹罕至，而有一山的摩崖石刻与石窟造像。震惊之余更恨憾，走几步叹一声。这一山的石刻与造像多毁于浩劫，千年的岁月与战争都不能使之磨损，那些年的人与事的破坏力实在无法可想。寺庙亦未修复完全，书院只余遗址，幸而还有这些印记，以及未被破坏的生态。

山间还有黄山谷所题"玉泉铭"，有苏轼王弗的"唤鱼池"。年轻的苏轼曾在此拍手唤鱼，与王弗缔结姻缘。我立于池边，也击掌数声，企图唤鱼，池中鱼群却远遁往岩壁下去了。那壁上正是苏轼当年所题"唤鱼池"，鱼儿们日日与之亲近，自懒得搭理我辈俗人。

"唤鱼池"三字在壁上竟有水韵，一如鱼群遁去带出的涟漪。岩壁上的字映在水面更具水的姿媚了，是女子在水边靧面，面容腴秀又明净，绰约又出尘。再观那壁上字，分明也神气清秀，而又有另一番风华，是丰神潇洒的少年眉梢那一挑，无尽意气能拏云。由是，"唤鱼池"三字方能得勃郁之气映日熠熠，苏轼正是十八九岁的少年呢。

壁上字与水面影一呼一应一含一露，如同天顶这日与地上这影。有光便有影，日头是影子的生命，影子是日光之舞蹈。林下有树影，荷下影团团，花影绰约，竹影扶疏。再往深里走时，还有将颓未颓寺院垣壁的兰若旧影与四围高松的松风长影，入得其间，行也清凉，坐也清凉。山门后岩壁上，便有接引佛造像，接引世人往更远的佛境里去了。

再出山时，路边有卖甘蔗的老妪，手上一柄快刀，削皮斩断切块，利索得如切豆腐。我们靠在门廊边吃甘蔗，门内山风习习，门外夕阳洒了一地金黄，竟有了烂柯的疑惑。是山中日头长。

如　是

东坡曰："凡文字，少小时须令气象峥嵘，采色绚烂，渐老渐熟，乃造平淡。其实不是平淡，绚烂之极也。"
笔墨如是。

庚子正月记

风　来

我总疑心骨骼才是精神的内在支撑。譬如，没有骨头的提线木偶，行止都须得人把着，人手一松，胳膊还是那胳膊，腿还是那腿，身体里的魂被抽走了。人亦如是，老了老了，骨骼屈了，精气神也散了。

山也该有骨骼。

张岱《琅嬛文集》里曾写越地有吼山与曹山，"为人所造，天不得而主"。我一度疑惑，以为只是"人定胜天"的臆想。循书而往，竟果然山山如削，天地风雨未做得半点主。浑似有人擎一柄巨大的利刃，咔咔咔几刀下去，山成了如此这般。

若非亲眼所见，实在不致相信，这样如阜如峰如门的峭壁广厦危峦，会是古人手凿而来，直如豆腐一般切削整齐。一代代石匠年复一年、日复一日地采凿，让吼山与曹山的"骨骼"有了人的气度。如同它们的绍兴老乡鲁迅，有着最硬的骨头和最清癯的面容。

我所居住的城市有一座九郎山，"骨骼"亦是清奇，一半隐于山体，一半裸露山脊。山脊也清奇，直溜地抻出来，全不似一般山脊的蜿蜒逶迤。山脊两侧的山石是它散落的一些"骨骼"，有如馒头，有似伏虎，并不都瘦瘠嶙峋，大约有的被山风磨去了棱角，而另一些，总愿傲骨长存。骨骼们都亮敞敞地裸着，连其中砾石都裸得坦然。

风来时，我听见了风里的箫音，泛音丝丝缕缕扯出来，也分明有嶙峋骨气。骨骼们大约是扛不过风里的骨气，愈发嶙峋了。

古中岩的骨骼又是另一样骨气，一半天生一半人力。人力所不能及时，又再借了天之力、风之力。

古中岩在眉山。山巅、山脊、山坳，及至林间，山溪侧畔，骨骼四处"奔突"。骨骼之上，更见精神。山石上镌刻的数千尊摩崖造像就是古中岩的精神，立佛、坐佛、卧佛，高的达数米，小的仅二三寸。光坐佛就有箕踞、盘坐、跷腿、拈花……成百上千种造型。此外，还有天女吴带当风，壁上小佛累累相叠，又有经幢、舍利塔、碑刻，都无法可数。皆是人力。

纵然是天人携手铸就的山的骨骼，日日复日日，仍添了沧桑。风是始作俑者。

老话说，小孩子见风长。见风长的何止孩子，山的骨骼与精神也是在风里长出来的。不仅骨骼，山里的草木鱼虫也是见风就长。草木鱼虫生生不息，骨骼蚀而不损。或者，山石有形，造像有精，渐渐聚为精气，在山间逡巡游荡数千年，才幻化成山间云烟朝暮、竹柏阴晴。林泉有致，又以气反哺骨骼与精神。

可是，风并非山间所生的精气。风从哪里来？

"夫风者，天地之气，溥畅而至。"这是宋玉借楚襄王之口的解释。天地气聚，又独立于天地，无滞无碍飘忽即至。

按古人说法，风有八方，东方曰明庶风，东南曰清明风，南方曰景风，西南曰凉风，西方曰阊阖风，西北曰不周风，北方曰广莫风，东北曰融风。

宋玉总是器局小了，八方之风在他这里只分两类，帝

快 哉 风

王之雄风，庶民的雌风。雄风生于地，起于青蘋之末，渐渐进入溪谷，经由山口之后逐步呈盛怒之态，又沿高山凹处而下，渐成松柏林下之风。雄风猛烈时，飘忽溯滂，激扬熛怒。风定尘息之后，被丽披离，眴焕灿烂。雄风有清凉凌虚之气，清清泠泠，宁体利人。庶民之风则不然。庶民的风墈然起于穷巷之间，黄沙扑面，尘土飞扬，烦冤混浊之气勃郁，风中之人心烦气闷、抑郁惨怛，且愁病缠身，不死不活。

独立且自由的风哪会有这等"势利眼"？

有风飒然而至，帝王与庶民都欣然呼一声："快哉，此风！"临风之快，庶民佳客攸同，才该是风来的正途。一千多年后，苏东坡便这么看。

古中岩佛窟前的一叶梧桐也飒然一动。

在山里，树叶比人敏感。风才一醒，伸个懒腰，它就懂了。风来时，窟中菩萨依旧八风不动，他左首的怒目金刚倒慈和了许多。日日风来，就有了时间的痕迹，面目和衣纹越发柔和。这么看来，沧桑并非折损，而是风为之添加的慈光。

慈光也是风的样子。风并无形态，却因与世间每一样物体的遭际而成就了自己的样子。

风在梧桐树上掠过时，叶子就是它的样子；在溪泉徘徊时，水纹就是它的样子。风又从溪上一个转身，跃上亭落的飞檐，曳起一串檐铃轻音，檐铃与它的脆响便又是风了。它与它们相互遇见，又互相成全。

风在谷中倏然起寂尔停，掠过梧桐树的尖梢，徘徊于林泉之间，逍遥在山石之上，而后越过山脊，乘凌于中岩高台，自在徜徉，忽往而忽来。凌于高台后，风隐身了。但由山谷卷上高台之势涣然带出的一缕箫音，却出卖了它。箫音"呜呜""咽咽"，扑面而来，这就又发现它的踪迹了。

古中岩的高台是中岩书院的遗址，书院曾有一名苏姓学子，名轼，字子瞻，谪居黄州后自号东坡。少年苏轼做山中人时，当在春初。山上梧桐尚未发新叶，松林犹带着经冬的湛黛。苏轼提箧在松下，山门在松影之外，踏出松影便入山。

甫一入山门，便觉春风和畅，春山在望。也不知是古中岩冬天里种下的春风恰在此时醒神，还是苏轼的书箧将山外的风囊了来。风里有清泠之气，未待少年，便簇拥着汩汩而出，径自入山。步仄径，临清流，唤草树，与谷里烟云嬉戏一番，将窟中神佛一一拍遍，再纵上书院屋脊。只见得，"山驿萧疏，水亭清楚"，果真是读书幽处。

快哉风

春信既传，便寒流乍暖，林杪始青。风定之后，春光就更好了，草木渐渐蔓发，书院内外绿肥红腴暗香浮动。少年就在此间看山、看月、看云、看书，听泉也听风，将山间浩然气呼哺于胸腑。一朝出蜀地，可御千里快哉风。

世间物候终究不与山间同，阴晴风雨，变化无穷。从古中岩的春光里走出去的少年，大约暗藏春风，即便茕茕如晦，也能作人生慨然行。

这是古中岩与少年苏轼的遭逢。

秋 声 赋

人与人之间的关联也往往有着相互的际遇与成全。走出中岩书院，几年之后，少年的人生与文坛领袖欧阳修有了关联。

嘉祐二年，礼部主考官欧阳修读到一篇应试文章《刑赏忠厚之至论》，"不觉汗出"，一时击节："快哉！快哉！老夫当避路，放他出一头地也。可喜，可喜。"

若按实岁来算，那年苏轼二十岁，欧阳修也不过五十出头。五十岁的欧阳修自觉有了秋气，在某一个秋风扫落叶的夜晚，作了一篇《秋声赋》。

"初淅沥以萧飒,忽奔腾而砰湃。如波涛夜惊,风雨骤至,其触于物也,铮铮铮铮,金铁皆鸣;又如赴敌之兵,衔枚疾走。不闻号令,但闻人马之行声。"秋声竟有金戈铁马之声,能惊心动魄至此。是风声助了秋的肃杀,还是秋的萧索以致秋风无情?我愿意是后者。不然,何以春风温暖,夏风凉爽,冬风凌厉?

草木经春孕育,至夏葱茏,繁盛至极时也是渐入衰败之际。霜期一到,秋色惨惨淡淡,寒气一阵紧似一阵,烟云都敛了姿容。草木积蓄了一春一夏的绿色,这会儿一股脑都萎了,杂乱地耷拉着,全没了神气。天倒高,却除了惨淡的白日头,就只剩了树的枝梢上几枚枯蜷着的叶子,说不定夜里一阵萧风就卷了去。是秋气携了秋声至。

屠戮草木摧败生灵的是"其一气之余烈",是天地万物混沌之气的余威,不是秋风。大约在欧阳修看来,风里有秋气才堪称秋声。可庄子明明说过:"大块噫气,其名为风。"天地的混沌之气的余威不也是风吗?又绕回来了。

但伤春悲秋真是古代读书人的常态啊,连欧阳修也脱不了窠臼。

少年苏轼"出一头地"后,经了春风几度,至盛夏也枝繁叶茂。偏人亦同草木,任繁盛如何,也经不起一夜

快　哉　风

秋声。

那年入秋似乎格外早，才七月，"乌台"的秋风就起了。霎时，黑云翻墨，狂风大作，豪雨逞威。风雨径直侵至湖州衙门，"顷刻之间，拉一太守，如驱犬鸡"。太守苏轼成了囚徒，连狱吏都侵辱之。直至百余日后，才得挣脱牢笼。

若不是迎面一阵旋风，他还浑然在梦里。秋声果如刑官，有兵戈之象。天地也萧索，山川也寂寥，秋风凄凄切切，呼号愤发。

人生的秋天里，他第一站去了黄州，幸而张怀民也在。二人一为团练副使，一为主簿；一个在东坡耕种，一个在江边造亭；又一同在承天寺临风赏月，在赤壁临江沐风。承天寺的风清淡，赤壁的风飒然快意，一样的秋风，并无欧阳修的肃杀。

秋声大概原本也想给苏轼一些威慑，与江上涛澜纠集了一齐汹涌，号叫着，呼啸着直扑过来。他却在其间看见了公瑾、小乔、孟德，看见了千古风流人物，也看见了时间之须臾。又经由清风明月、白鹭水光、孤鹤长鸣，看见了蜉蝣之于天地、粟芥之于沧海，看见了渺小与阔大。在秋声里，他得以与时空遭逢，也进而释怀。

他邀了怀民，携了酒和鱼，端然坐于快哉亭上，把酒临风，又"划然长啸"。那江上风呜呜然应和，一重幽咽，一重凛然，如夜半嫠妇饮泣。是秋声照见了自己的孤独罢了。

秋声中，苏轼的一声长啸长驱直入，仿佛将江山浓重的悲戚撕开了一角。靡靡哀音里终于透出些天清地阔，大江也渐渐息声泄流，捧出一轮江月。于是，山高月小，水落石出，一派清明。

他二人相对一笑，搛一箸鱼肉就一口酒。酒是好酒，鱼更好，颇有松江之鲈的意味。酒至半酣，乐更甚了，就叩栏而歌。

"贤者之乐，快哉此风。虽庶民之不共，眷佳客以攸同。……"

果然快哉！

古中岩山高台上所临之风，与赤壁的江风并无不同。只是少年苏轼在中岩书院所得之声里，有着无限意气，箫音徐徐远播，清越又绵长。赤壁之上则是他与自己的"博弈"，风声与箫音急一程缓一程，时而优柔温润似君子，时而慷慨悲怆若燕客，既飒风披纷，又啸吟悒悒。他终究又在江风中与自己和解，便渐舒、渐缥缈、渐逍遥优游，以至静定，从此得了大自在，天涯也去得了。

大约凡经得了人事淹蹇，便无所挂碍，也就无所不快、洒然如风了。

被贬黄州以后，他自号东坡，竹杖芒鞋作逍遥游。

逍 遥 游

另一位逍遥游的庄子，也洒然如风。

他们是风，不是大鹏。

大鹏终有所拘囿，会遇见蜩、学鸠，以及斥鷃们。小小的它们，跃过蓬蒿触碰榆枋，就自得意满，也敢嘲笑起欲飞往南冥的大鹏来。

大鹏还有所依凭，须水击三千，抟风而起才能扶摇九万里。即便有鹏鸟之志，也须好风凭借力，才得上青云。这是修了"驭风之术"，不是真逍遥。

况且，论驭风之术，修风仙之道的列子比鹏鸟更在行。全不用借水势就能轻轻松松御风，十五日一个往返。列子的御风看似自在了，却仍有所待，有风才能飞行。凡有所待，也并非真正的逍遥。

有几人能逍遥似风？脱胎于天地，又独立于天地，脱离了一切外物的拘囿。飘飘乎来，悠悠乎往，无须依凭，无所倚待，才是风的逍遥。风力也由它任性，可大可小，有泠风、飘风、厉风……也随它止息。大鹏在海面抟起的状似"羊角"的旋风，该归属于厉风。厉风来时，足有倒海翻江、摧枯拉朽之力。

并不能御风的庄子也无须依凭，就能化蝶而栩栩然，做涂龟自在曳尾，非鱼而知鱼之乐……乃至参透了生死，挣开了人性枷锁，不敖倪于万物，独与天地精神相往来。庄子精神可游于无穷时空，像风一样。

换言之，像风一样的庄子无影无形又无所不在，可以是自由的任何形态。人们看花、看草、看山、看水、看天地、看世间万物，都能看到庄子一样的自由，是为"天地与我并生，而万物与我为一"。快哉啊！

古中岩和赤壁的风也作逍遥游。悄然起于青蘋之末，飘忽渐生，于空岭竹柏或亭阁楼宇间徜徉朗吟，又穆如直下江面，江上才尽够它开阖行止。风快哉悠游，而力道不减，过江河也有损焉，过山石也有损焉。好在江河自有源头活水，减损了又充盈。

古人好给江河赋予意义。譬如，李斯《谏逐客书》里就说："河海不择细流，故能就其深。"由江河接纳细流而喻接纳人才之必要，诸如"海纳百川"一类。又如，古人的"江""河"只能是长江黄河，岷江、湘江、赣江……所有有名字的江河，无论地理的或历史的，都有它们的意义所在。可是，"意义"又未尝不是人类对江河湖海的"拘役"，它们恐怕并不需要。

古中岩山谷中也有一条无名溪流，日日熙熙乐乐朝山下淌，径直往山下岷江奔，一头扎进去就不见了。这大约是大多数溪流的命运，却并不妨碍它们为江河注入活水，也是一种逍遥。

它们自顾自地由石缝或山隙间汩汩而出，遇见山石拐个弯，顺手拾片落叶同行一程，风来了笑出皱纹，雨落了一滴滴都收起一起继续淌。碰见的每一条可以汇入的水流都不管不顾地迎上去，即便绝壁也纵身一跃，拓出一条瀑布。为小流时可以飘叶，汇清溪后可以撑筏，成江河则载舟船，入大海则蕴万物。

它们最爱与风游戏，对于风的任何行止，都作出回应。风与水之间自来皆有着诸般的关联。譬如，东风与春水，是唤醒与被唤醒；微风与小池，是丝竹之声拨弄杨柳腰肢；又有骤风翻碧浪、秋雨助秋声。这些都是相互的际遇与成全。

只是人们多以自性而定自然之声。阒夜风声撼竹木，而起幽忧不平之思；风淅淅，雨纤纤，偏怪春愁细细添；竟还有宋玉这样的，将风区分成帝王"雄风"与庶民"雌风"。连孔子临江看水，也慨叹"逝者如斯夫"。而屈原，更在汨罗江的秋风里释放了一个孤独的魂灵。李白在洞庭湖畔赊月色，似乎不羁且快意，终究抽刀也断不了愁。欧阳修在江上弹琴，听众只有栖鸟、游鱼、江水、山风，并无一人知音。只有曹孟德不孤独，他临碣石观沧海，而见大海吞吐日月星辰，连萧瑟秋风都听出雄师百万，但江山万物都是他的拘囿。

倒是东晋有一个叫湛方生的名士，也作了一篇《风赋》。末了一句"轩濠梁之逸兴，畅方外之冥适"，端的是优哉游哉，物我两忘。

得大自在的人都像风一样吧，或无我无物，或物我欣然一处。比如，庄周、湛方生、苏东坡们。

当下要能寻这样的，得往老里找，经了九九八十一难活成了人瑞，才得了风的自由。不对，有一个并不太老的人或许也能算，他又颓又闲，又随意又诚恳，不时有些幽微的欣悦，将他放在哪里都独个儿自在着。若非得说还有拘囿，就是为情所困。一曲《送别》唱来，本该如一阵风散，他竟沉溺不出，哽咽至无法唱毕。他是朴树。

风也是有情的。

壬寅春月

明月前身

　　我躺在庐山南麓一个小院的平台上看月亮，仿佛躺在了天与地的分界线上。

　　月亮正大端然挂在半天，似乎被人细细擦拭过，明晃晃、滑溜溜的，风在上面稍停一会儿，都能打个滑晃了眼。天被月光衬成了深蓝灰色的缎面，伸手去触时，指尖确乎有脂腻感，真可以裁几尺来做衣裳。云早被晃得匿了身影，只几颗星子缀在周遭。山与天之间也有一道分界线，连绵处有一个豁口，犹如大张的犬吻，眼见要一口一口将深蓝的天光吃成黛黑。

　　看犬吻吃天时，院子里名唤忘川的小犬悄无声息跃上平台，朝豁口狺狺吠了几声。那豁口处有几座农家小屋，浮在深霭里，恍惚有睡意。

忘川过来嗅了嗅躺在平台上的我，毛发在月下竟有些慈光。大约见我气息平匀，才安心了，在旁边伏下，静静看前方，也不知是看月，还是看月下山的豁口。

从豁口往外走数里路，面阳山的山坳里有陶渊明墓，我下午才去过，买了一束雏菊拜会他。这日恰是中元。

墓冢隐在山间，少有人迹，与周遭杂芜松林相洽，正应了那句"托体同山阿"。松林间抑或也有慧远和尚、陆修静、颜延之等人的生魂，在某一个有月的夜晚与陶渊明携手而出。他们模样萧萧肃肃，自在嚣尘之外，蹑轻风，寻相契，就如松间明月、松下清风。我们俗人见了，只有纳头便拜的分。

我将雏菊置于陶先生墓前，纳头便拜。"归去来兮，田园将芜胡不归？"

墓园将芜了，陶先生啊，归来同饮南山酒，共看中元月吧。

中元的月是陶先生的月，有秋气，是新秋的清气，没有霜色，更不肃杀。守着十余亩宅地，八九间草屋，有诗便写诗，无诗就荷锄，有酒辄饮，无酒便赊，杖头挂酒葫芦，即便田间锄地，歇息时，一坐下来也嘬几口。这便是陶先生的南山日子。

那年，中元即至，天际山月已亭亭。邻家老叟杀鸡设酒以招，陶先生早早从东园回来，撂下锄头就去了。全不管园后秋草几乎漫过了长松，也懒得收拾前一个月遇火的宅院。

陶先生这夜自然又醉了，也不要小童子扶，自个儿深一脚浅一脚跟跄归家，口中分明还哼唱着日里在田间学的山声野调。路畔溪流也和着这声腔，奏着调音。天上将满的月杂在松间，掉进溪里散作了粼光，粼光也有调音，清越脆响。或者，月也是陶先生赊来的，赊来一片清秋月，顺手就散在溪里。

陶先生的中元月，有俗世情，而无俗世事，又孤独又温暖，陶然晏如。

这月并非张陶庵笔下"巳出酉归，避月如仇"的杭州人所看的月。那轮月成了人的背景，前景灯光乱散，嚣呼嘈杂。后来的一个诗人也写过中元月，描摹出一阵幽风一镜鬼月，简直招引了游离于三界的魂魅纷纷而出。这两轮月，一则在尘世染了太多俗尘，一则于彼岸携了几分诡谲，都不是陶先生的。

中元月是自在月，与尘世隔而未隔，同彼岸之间又尚有一条忘川河、一道奈何桥。如天与地的分界。

此时，在我躺着的分界线之上，又浮起一层界线，暂时被地气隔膜着，虚空飘浮，坠不下来。月已上中霄，深更里的露气上来了。

我摸摸忘川的头，吞了一大口酒，冲着天上正大端然的月，道一句："我醉欲眠卿且去。"顺手扯了一片月光覆盖在身上，一个侧转，我颓然睡去。

在我的梦里，也有吃天光的豁口，一点点啃噬梦境。幸好院前的溪流响了一夜，将那梦貘一样的"兽"驱走了。

溪水来自更深一些山谷里的谷帘泉，据说是陆羽认定的"天下第一泉"。谷帘泉由岩壁上泻下来，跌落到岩下山涧中，开始活脱脱地往山外淌。山沟里或大或小的溪石懒懒散散睡了一溪，泉水就由石上跃过或滑过，生出了翅膀一般，轻捷又灵动，鲜活而无沾染。这该是深山赋予的神性，如同一个未经世的孩子，会有天生的性灵。山水穿过许多城市和乡村，渐渐汇成江河，神性也渐渐逸散在各处。

我在湘江边住了十年，总觉得它有一股子人世间的浊气。譬如，大夏天的公交车，人们喧填拥塞，浊气都郁在里面。陆羽的时代里，有一个叫刘伯刍的人，曾说"扬子江南零水第一"，我是不信的。哪怕是没有任何工业污染的唐朝，一条江的中下游水域即便浊气尚未深重，也不大可能成为"天下第一"。

　　江水作为饮用水并非最好选择，江上却是赏月的上佳之地。江潮连海，月共潮生，江天一色，月出皎兮，直可见张若虚《春江花月夜》的意境。

　　春江月是肖邦的《夜曲》，有行板，有华彩，照见宽广，也照见静谧。旋律优雅倾泻间，也不难听出孤独的咏叹，是一首诗的自然流泻。这首诗必得是张若虚的作品，看天地澄净、春风澄澈、江月澄明，于缥缈幽逸中又自有深沉与热烈。始知时间既迅疾，又无尽，而明月永恒。迅疾无尽的时间里，人们都与这永恒之月一见如故。

　　湘江月似乎比张若虚的春江月更得华彩，因为离城市太近。对岸的霓虹与天际的朗月，天上月与江上月，城市的繁丽与天空的清远，俗世的困厄与自然的辽远……不断冲突又交织。肖邦也渐渐开始叙事，从容的、激越的、逼仄的、阔大的、忧郁的、欢快的，每一盏灯光、每一个影子背后，都有一段委婉的故事。乐段的走向由月与灯控制，直至更深人静，霓虹次第凋萎，轻雾扬起，月色明晰，才渐渐回到夜曲的抒情。湘江月的布景还是太新，也过于杂乱了。明月的背景须有静气与旧气。

张若虚的春江月，旧气静气自不须说，还有着初唐的华赡跌宕，却终究失之于气象，以至一半月光皎皎，一半春愁漫汗。

若论气象，还看盛唐。盛唐的明月是八月十五的朗月，磨得如镜子一般，李太白将它端过来，照了一照，就生出了幻象，有仙灵于其间蹑云而出。

千古太虚一明月，千古也只一个李太白。太白的朗月里，有着亮晃晃的孤独和亮晃晃的飒然。绝不疏淡清浅，也无暗香浮动，有的只是大道坦荡，是一泻汪洋，是除却我与月，天地万物无。月的孤独也是李太白的孤独，孤独是天才的宿命。

太白孤独的起点大约在青城山。他与逸人东严子于岷山之阳，巢居数年，不迹城市。青城山就属于岷山山脉。

青城山也该有神性，一进山门，时间就停住了。云浮浮冉冉，风自在浪荡，也不知是先有山，还是云和风来此后，渐渐幻化成了青山。涧、泉、花、树、鸟、虫……都仿佛在这山中住了数千年，一山清明。"清明"二字也唯有青城山当得起，山清、水清、风清、云清，即便到了秋冬，山色缤纷，还是清气涤人。入了山谷，又得另一番气象，直是仙界訇然中开，风与云都抛却了先前的闲在。风经由松林时顺手携一支清箫而来，云之君便纷纷驭风直上，青崖间登时一笔飞白，一团淡碧。仰望时如瞻天表，冥茫处如堕仙境，恐落入了太白放养白鹿之境。脚边清溪也在林与云中隐着，一截清流，一截雾气，一截深不可测的幽绿。风的箫音里也有清凉之气，吹得人衣袂轻扬，飘飘若仙。

大约是青城山停在了李太白的盛唐，进山之人如王质一般误入了一回仙境，光阴不与世间同。唯有人类维度之外的空间才能停住时间，因为那里曾住过神仙。

青城山中日头长，隐在山里的少年李太白并不爱陶渊明式的田园生活。他坐松风，窥山月，树深时见鹿，溪午不闻钟。夜来即扫石待归月，与东严子月下对酌，一杯一杯复一杯。醉了就拂苔枕石而眠，再道一句："我醉欲眠卿且去，明朝有意抱琴来。"这前一句倒是陶渊明的话，太白借了来就不还了。一样的句子，陶渊明独存真率，李太白是快意又跌宕。陶先生不解音律，哪里懂李太白的饮酒听琴之乐。

有着神性的青城山也只是神仙的暂歇之地，有一天，李太白离开了，一离开就再没回来，一离开，孤独就生了。

太白的孤独同中秋朗月一样高悬于天，世人看见月，却看不见他的孤独。他也只偶尔长啸，如月下的兽，却时常饮酒，邀友或邀月。

天宝三年，长安中秋，贾淳招饮。这夜的月下对酌，仍旧是一杯一杯复一杯。太白一时兴起举觞邀月，又是一杯倾尽。贾淳斜乜了眼笑他，明月几时来的？君不妨替我问一声。

太白眉一挑、头一扬，停杯朗声一问："青天有月来几时？"

一枚冷月在天边迥绝处，与他相照。

月似乎孤独无依，连一颗做伴的星子也没有。实则是它的清辉太过，星光都隐去了形迹，唯有向大地寻觅影子。水面照影，山间松影，地上花影，皆为月影。李太白的影子不是月影，月是太白的影子，松影花影都只是太白影子的罔两罢了。罔两是影子之外的微阴，是影子与光照之间一小段微微暗下去的分隔。

月与影徒随太白，太白饮酒，月与影就饮酒，太白手之舞之足之蹈之，月与影便手之舞之足之蹈之。月之灵都系于太白一身，影子自然更没有灵魂亦不得自由。《庄子》中，有罔两曾呵责影子坐起行止皆不自主，它却没有明白，没有灵魂只依附于形的又何止影子？

月与影终究只是太白的影子，是有酒的良宵暂时的伴而已。如果非要说还有一个暂时的伴，那就只有风了。庄子又曰："大块噫气，其名为风。"这么说来，风也只是太白的噫气，不是伴。

我愿意将太白问月邀月的情境置于中秋，不单单是月在中秋的孤绝，还有秋气。

李太白的秋气不同于陶渊明，他的秋气高迥于天外。李太白的孤独也不是陶渊明的孤独。陶渊明能南山秉锄、北窗闲卧，自做羲皇上人。李太白则永远做着漂泊者，凡间并无他的归处。

八大山人的孤独倒形似太白，也仅仅形似而已。他的孤独是孤寒、孤迥，张罗出天地凄凉。如他画里的鱼或水鸟，猛地翻一个白眼，让人心一惊，后脊梁骨飕飕地，以为一阵秋风穿堂而来。太白也睥睨，却不寒凉，他是肆意的磅礴峥嵘，磊磊落落。另一位明室遗人石涛倒有这份磅礴与磊落，却又少了潇洒肆意。

磊落又肆意，磅礴且孤绝，峥嵘又不枯寒，逸气可塞乎天地之间，唯有李太白。即便在盛唐的繁丽背景下，也依旧是最孤独的存在。

李太白的同龄人里，王摩诘也孤独。摩诘是挂在辋川上空的春山月，一曲清孤。苍藓盈阶，落花满径，松影参差，禽声上下，是月出序曲。从容步山径，闲坐弄流泉，是间奏。间奏一毕，诸般和弦缓缓奏响，春山在望，春月相照，一切澄明空寂。跟他的诗一样。

辋川不需要时间，坐得久了，就草色渐染，落红成阵，松风隔牖翛然，远村孤烟摇曳，停云霭，明月清。王摩诘在其间，如将白云，清风与归。

时间迅速折叠，到了大宋的夜空，天油然作云，沛然下雨。直至天青雨霁，明月再现，夜空里一阵清响，苏子瞻从黑暗里走出来，仿佛是月的回声。子瞻的月须是霁月，只是彩云易散，霁月难逢。

在那些诡谲的风云中，子瞻一直处于空间的转场。黄州、汝州、杭州、定州、惠州……最后，儋州的大海和明月接纳了他。只是大海都有一种琢磨不透的脾性，如伴天子，前一阵还和风晴暖，后一秒就黑云压境狂风大作。儋州的海亦复如是。

我去儋州看望子瞻，途经盐丁村时，天黑压压地凭空里罩来，像是日本鬼怪小说里的妖怪笼子。风也邪性，嚎呼着四下里乱窜，将海水掀起又摁进深处，泊在海岸边的小渔船被推搡得七零八落，小一些的甚至直接倾覆过来。一声响雷将"笼子"劈开一道裂缝后，暴雨放肆泻出来。

妖风也卷起海浪向村子直扑过来，小渔船自然吓得四仰八叉，海浪却撞击在各式各样的石头上又张皇失措地散落。盐丁村的海岸没有沙滩，只有石头。大大小小的火山石，以及以火山石垒就的石头屋、铺就的石头路、凿成的石盐槽，即便是来了"子不语"的神怪，来了阵阵妖风，它们都泰然自若，浑似入定老僧，冷眼看鬼怪张狂。

火山石的盐槽是盐丁村的真正的主角，如墨砚或棋盘，星罗棋布就凑成了海边的盐田。海浪卷上盐田，瞬时就消弭了它的张皇，退却时竟有些施施然了。下一刻又被拽住劈将过来，盐田再度接纳，继而仍旧施施然退去。盐田与海浪游戏着，似乎不费吹灰之力。直至夜来雨霁，一切神隐，海上明月生。

日本鬼怪小说里也有"神隐"之说，当有人消失不见时，就是被神怪隐藏起来了。如此说来，此刻的夜就是那神，见不得天上有人投出妖怪笼子、撒出雷电风暴，一股脑将它们都收了去。于是乎，怪力乱神退散，天地涤清。

子瞻不惧怪力乱神，在儋州的风暴中，一口生蚝一口酒，淡淡道一句"天人不相干，嗟彼本何事"。行至儋州时，子瞻已将人生的暴风骤雨历遍，拿谪迁当远游，居于荒城仍可以汲一江水、贮一弯月、笼一炉火，活水活火煎新茶，听更声。

霁月之下，儋州的江水更显得清且甘活，子瞻就背上瓮，负上瓢，拿了勺，拎了瓶去汲水。寂静避人处有一块钓石，正合立足，石下江水清深，也宜烹茶。

子瞻的身边还有"乌嘴"。乌嘴是他的狗，一只海獒。在儋州的岁月中，乌嘴一直伴着他，陪他北归东渡。乌嘴能识宾客守门户，也偶尔偷些肉吃，每逢这时，子瞻都高高举起鞭子，却终究舍不得打下去。

一朝雨霁终得天清，乌嘴知他将北还，欢喜得摇头摆尾，雀跃不已。是时候归去了。子瞻抚着乌嘴的头，淡淡一笑。

夜深了，月色入户，四听阒然。子瞻坐窗前，只桌前一灯与月荧然相和。远处的更声响了三下，这荒城里长长短短的更声，他已经听了三年。

"曷不委心任去留？"这是陶渊明的句子，正宜当下的子瞻。

是年，子瞻北归。次年夏日，暑气正盛，子瞻在常州乘小舟游运河，两岸千万人缓缓跟随。他笑道："莫看杀轼否？"——其为人爱慕如此。想当年他芒鞋竹杖自挂百钱游庐山，在那深山之中，也是人人识得苏东坡。

明月前身

密州时，子瞻尚疏狂，左牵黄右擎苍，亲射虎。那年黄州春夜，行至蕲水，岸边有酒家，子瞻酣饮至醉，便卧于月下溪桥上，听一夜流水锵然。彭城时，他夜宿燕子楼上，也是明月如霜，好风如水，清景无限……

子瞻似乎有水的性质，能随物赋形，在瓮中是瓮形，在溪涧是清泉，在江里能映江月，在海上可生明月。

只是，月自常圆，人世间的浮沉、聚散、生死，诸般淹蹇，终是无法圆了。

不久，子瞻湛然而逝，没有一丝怅恨。他就是这样，即便一路风雨，也永保清明，霁月般光洁如新。孔子有云："求仁而得仁，又何怨。"子瞻亦如是。

与子瞻不同，陶庵对困世是有过怨怼的。他的人生有一道分界线，前一半犹春于绿，后一程明月雪时。因而，陶庵总有些凛然，浑似寒月冷冷照寰尘，他则隐在月里张望过往。于大明王朝而言，那些过往实则早已暮色苍茫，他却要铺张出漫天满地的绮丽繁华。如同做着一个不愿醒的梦，梦里繁花着锦，梦外寂寥寒荒。梦只是皮相，寒荒才是真相，譬如林下月光，疏疏如残雪。

过往的月光虽寒凉，也是真美呀。

在不系园里看红叶，好友陈老莲携缣素画古佛唱村落小歌，陶庵取琴和之。

与三叔一同制兰雪茶，"色如竹箨方解，绿粉初匀，又如山窗初曙，透纸黎光"，风头一时无两。

与友人兄弟辈的蟹会，直如天厨仙供。除开河蟹膏腻，又有肥腊鸭、牛乳酪，如琥珀的醉蚶，如玉版的鸭汁煮白菜，果瓜吃的是谢橘、风栗、风菱，美酒名曰"玉壶冰"，蔬食为兵坑笋，米饭是新余杭白，酒足饭饱再以兰雪茶漱口。

在湖心亭看雪，遇见两个金陵人，被拉了强饮三大白而别。陶庵就这一样不好，遗传性酒精过敏，喝不得酒。身为一个绍兴人而不能饮酒，总是憾事。

我一直以为不能饮酒的人气息上总要孱弱些，比如同为绍兴人的知堂。前些天读知堂几页尺牍，孱弱而少法度，猛然觉得他必不会喝酒。又记起他有一篇关于酒的文章，翻书一看，果然。书法孱弱的人多温雅，个性似乎也敏感孱弱，少了许多元气。能喝酒的鲁迅却元气淋漓，至弥留之际仍能作"起看星斗正阑干"这样的诗句。我未曾见过陶庵的书法，想来气息上总是欠些的。元气不足之人，灵魂的强度也是不够的，幸好陶庵有足够的韧性，只渐渐寒荒起来。好朋友陈老莲倒不寒荒，甲申之变后，自号"悔迟"，越发狂诞起来。

陶渊明、李太白、苏子瞻们也都没有张陶庵的寒荒，做着偃蹇客，依然可以隐，可以遁，可以饮酒，可以吟啸，可以哭，可以笑。连杜子美也没有这样的寒荒，家国蒙难，至少山河犹在。大明则是一株巨大蠹木，内里早已蛀空，继而张献忠来啄几下，李自成又斫几斧，满人入关是最后的重击，巨木訇然倒地。陶庵也曾试图做一棵树，与其他树木一起去撑起残局。无奈天地已崩坼，任谁也无力回天。自此，陶庵不能觅死，不能聊生，忽忽悠悠活在残损的梦里。在梦里锣鼓喧阗，声光相乱，他却寒荒寂寂。

陶庵呀，还是喝酒吧。月下宜微醺，也宜大醉，宜枕流水，也宜听清风。酒后，时间足可烂柯，空间会停在哪里？先秦魏晋，还是唐宋明清？管他呢。停在哪里，都顺手拉个人来喝酒，陶渊明、李太白、苏东坡……还有明月。

时间空间都是虚无的，而有的人能超然于时空之外，唯明月与他们永在。

辛丑冬日

在镜子里照见陶渊明

苏东坡晚年揽镜自照，镜子里映出了陶渊明的模样。镜子里的陶渊明也在南山筑庐，也于东篱采菊，也月下荷锄归，也斗酒聚比邻。苏东坡从未隐居，却从镜子里的这位隐士身上看到了自己。

从黄州东坡始，到罗浮山下的白鹤新居，再到儋耳载酒堂，葺茅竹而居，买田求归一直都是苏东坡的理想。如同陶渊明心中始终舍不去的桃花源。

或者说，早在与子由风雨对床而眠时，苏东坡就已经种下了此一念。何时迤逦致仕，必与子由一道溯流归乡筑室种果。然而，理想就如同镜子内外的陶渊明与苏东坡，似乎触手可及，镜面只覆你一手冷冽罢了。

面对镜子里的陶渊明，苏东坡大概总有些自卑。他说："我不如陶生，世事缠绵之。"陶渊明之旨皆在一个"归"字，而苏东坡一生思归偏一生流离。此其一。"渊明赋归去，谈笑便解官"，而他虽"长恨此身非我有"，终未能舍下。此其二。即便如此，他仍旧在镜子里看见了陶渊明。

陶渊明在镜子里饮酒，他也饮酒。陶渊明的身后有一幕安宁的背景，南山的停云，东园的青松，庭前的幽兰，东篱的秋菊。耕种之余，他在茅檐院中披褐挈壶，随坐随饮。清风脱然而至就曳一片风对饮，林间鸟雀班班，不时前来打探一番，他只顾自一觞复一觞，直到日偏西。日暮的南山尤其清和，山气渐生又若有若无，和风清穆由山际倏然至庭中，飞鸟鸣声清亮相与复归林间。他悠然一抬眼，又倾尽一觞。夜阑颓然倒头就睡，一枕黑甜，连鸡鸣之声也无从扰他清梦。倒是东方将白时，一阵叩门声吵醒了他，迷蒙忙慌间倒披了衣裳开门相迎。竟是农人不忍见他衣衫褴褛囿居茅檐，提了酒壶来探望。那就又复持杯欢饮，无论是醒是醉都相对一笑，笑笑再各自散去。

镜子里的陶渊明与山与云与鸟与林与野地茅檐浑成一

体，他就该在那样的背景前饮酒，而不是在华堂之上日夜营营。

陶渊明在镜中饮酒时，苏东坡正坐在华堂。彼时，他任扬州知州，也常以把盏为乐。无奈酒量甚浅，往往尚在坐中颓然就睡，虽欢愉不足而闲适有余。有酒有闲，便起了追和陶渊明《饮酒》之念，大半年一气和完了二十首。

对照陶渊明饮酒，苏东坡虽亦得闲适，总少了两分自在。端坐华堂，世事缠绵，身为使君，一城兴废皆系于一身。即便举酒，即便歌呼，即便也能倒床甘寝，羁尘总如攀缘的凌霄花一般，缠绕迁延。自在虽欠了，并不妨碍他将南山的陶渊明摁进自己的理想中。除却"我不如陶生，世事缠绵之""每用愧渊明，尚取禾三百"这样直白的表达，还有更真诚的赞美。佐证如下：

和《〈饮酒〉二十首》其一

道丧士失己，出语辄不情。
江左风流人，醉中亦求名。
渊明独清真，谈笑得此生。
身如受风竹，掩冉众叶惊。
俯仰各有态，得酒诗自成。

在镜子里照见陶渊明

　　我看此诗该算东坡《和〈饮酒〉二十首》里最佳，有陶诗的散缓，熟读也见奇趣，又尽皆发自肺腑毫无斧凿之痕。

　　诗的前三联就足显对渊明之爱。"道丧士失己，出语辄不情。江左风流人，醉中亦求名。"士人多丧失本心，言语亦薄情，像王导、谢安这等江左风流人，即便醉了也汲汲于名利。在他看来，唯有陶渊明得"清真"，谈笑之间便过了一生。东坡看渊明的"清真"，大意约为清净质朴自然。

　　若说前几句是陶渊明的好，后四句则更凸显东坡诗不着痕迹的精妙了。"身如受风竹，掩冉众叶惊"，写陶渊明的自然之态，"受风竹"三字便是他的隐者之风。竹的身姿与清气，风过竹间的自在随性，风影竹曳，枝叶微微惊起，都是他。一个人将自己隐成了自然之姿，或者，不仅仅是竹，山间一物一态都可以是他。不单如此，于俯仰之间，一觞酒就得了一首诗，正是"俯仰各有态，得酒诗自成"。

　　东坡这几句简直活了一个陶渊明，虽不如陶诗的质朴静气，但逸气与生动犹胜了几筹。甚至可以说，这个陶渊明又不仅仅是陶渊明，是陶渊明与苏东坡的叠加。除隐逸之气外，更多了一分仙气，是他的理想，一个能自由出入人世的隐者，也是出世后仍俯瞰人世的仙人。

苏东坡追和陶诗自《和〈饮酒〉二十首》而始。

陶渊明看停云时也在饮酒，苏东坡只思念。陶渊明的《停云》是在初春，春酪新酿，而东坡思念起时已然立冬，海岛风雨如晦音讯断绝。这大概就注定了陶渊明的停云不同于苏东坡的，春云停时是凝而不滞，冬云停时是滞而不散。

"停云，思亲友也。"仅诗前小序中淡淡的一句，陶渊明就让"停云"成了千余年来思念的代名词。初春的停云该是春光里升腾起来的气霭，升至天际时，雨气又来了，它便凝在那里不动了。停云在陶渊明心中投影，覆上一片荫翳，于是，思念起了。再加之新酪初湛，林木初荣，春酒无人对饮，春色无人共赏，胸中荫翳又与天上停云相照，思念弥襟漫开。那就饮酒。

东坡不饮酒，他的停云意象里也独独附着子由的影像。看停云时，他已同苏过渡海到了儋州，而子由在隔海相望的雷州。儋州的停云是被冬雨压抑的阴霾，雨层层叠叠下压，浪重重沓沓上卷，将云挤在天边局促着，动弹不得。又一遍一遍敷上墨色，是风高浪遏也撕不开的浓稠。

可以说，陶渊明思念的底色里终究有一些春天的明快，是穷冬已然到了尽头，春风初起，春晖乍现，春花始发。

就算停云微雨染一些清浅的灰，思念也是暖色调的，更何况有春醪，足以慰人心。东坡的停云虽有着比陶渊明更阔大的背景，天无边无际，海无边无际，隔着的却是怎样都够不着的思念。因而，陶渊明尚能重章迭唱，从容而叙。从"霭霭停云，濛濛时雨"到"霭霭停云，时雨濛濛"，从东轩的春醪独饮到东窗的有酒闲饮，良朋虽悠邈，思念并未渲染出太多的浓愁。及至踏出东轩，行到庭中，见东园之树枝条已发，南山飞鸟翩翩飞落枝上，方知东风飒然，任谁也阻不了春天的步履，如同日升月落不可止息。至此，"春云停"的画面中，足可以添几笔人情之味了。庭柯枝条载荣竟用新好，鸟儿敛翮闲止好声相和，正宜畅想，"安得促席，说彼平生"。

从这点来说，陶渊明《停云》比苏东坡《水调歌头》更通脱阔达。一样的思念，《停云》观云饮酒得见春境瞻望人情，温雅流逸。《水调歌头》则把酒问月超乎尘垢，执一支天仙化人之笔，抒人世悲欢离合。陶渊明的《停云》是云是风是庭树是飞鸟，是人间温和。《水调歌头》即便"转朱阁低绮户"也只照见明晃晃的孤独。

苏东坡的《和〈停云〉四首》也孤独，连陶渊明的重章迭唱都舍弃，只思念层层加诸。开篇时黯沉停云就劈空而来，风雨眼见将至。这最南端的海岛，冬至的风也该是冷硬的，与凝重的云互相冷冷打量。东坡的思念倒比陶渊明直接，抬头看看云看看将雨的天色，就直入"怀人"正题。远人遥遥，道阻且长，而眼前除了大海、乌云、风雨，连冷冬尽头最后一片落叶都没有。飞鸟也一掠即逝，从不会为谁停驻。停歇的只有云，和海边的自己，像一个孤独的魂灵看见另一个自己。若说第一首的前景是"停云"与"我"，第二首就退居背后了，因为飑风骤然而至。读至此，人们大约能知道苏东坡的《和〈停云〉四首》必也风起水涌，笔力跌宕。

陶渊明并未亲历几多风雨，曾经白眼督邮的清高，久而久之也被南山的云、风、飞鸟等所涤荡，渐渐返归宁和平静。东坡不一样，他的遭际岂止一场海上风暴？狂风大作巨浪滔天的海上，他只是一叶不系之舟而已，任海风海浪翻卷推搡，终流落至这海外蛮荒之地。

飑风嚣，浊浪高，天水溟，停云滞，他与子由在隔着云海的琼雷两端。门也出不得，只好蜷卧北窗，寤寐思服。

东坡《和〈停云〉四首》前两首都是由眼前景生发怀人之思，第三首看似仍旧睹冬景而思远人，实则凛然清癯也是自己，骄荣落尽的也是自己。不如末一首，当真有了陶渊明的影子。

> 对弈未终，摧然斧柯。
> 再游兰亭，默数永和。
> 梦幻去来，谁少谁多。
> 弹指太息，浮云几何。

陶渊明《停云》如同一首古老的歌谣，气质是《诗经》里的"风"，曲调是春山春云下水车一直一直咿咿呀呀地唱。这样的歌谣配的画面当有晚日葱茏、竹阴萧然、阡陌尽头，山叟荷锄咏而归，而风在野月在衣鸡归埘鸟归林。

苏东坡《和〈停云〉四首》里，所有的跌宕都在末一首有了归收，像风停雨住后，月升松间时。这首诗写梦境也写醒来，大约承前诗"癯寐北窗"而来。梦里终得与子由相晤，对弈，游兰亭，都是梦中所营闲事，却偏以"摧然斧柯""默数永和"来限定。如同给某个词加了个定语作后缀，以昭示结局。"摧然斧柯""默数永和"都有恍如隔世之感，一梦醒来，斧柯烂尽，宴咏早散。弹指之间，世事皆归于浮云。

东坡《和〈停云〉四首》的几番跌宕如同他的人生，

也如他的人生一般，终归于平静。而更平静的还在他的《和〈归园田居〉六首》，端的就是镜子里陶渊明的样子了。

东坡的《和〈归园田居〉六首》在惠州，也环堵萧然，缺薪少米，也时有惠馈，饮酒酣歌，做着一个长闲人。他在白鹤峰下买了一块地，营造了居处，还开了一个菜圃，种芦菔芥蓝白菘……雨来一遭长一茬，风逛一回挫一截，霜再敷一遍后，菜就旺相了。这才慢慢细细进园子择菜。芦菔白胖缨子长，揪住那长缨一骨碌拔出来。芥蓝圆乎乎，也有绿莹莹的缨子。白菘一蔸蔸胖大腰圆，惹眼得很。芦菔经霜后愈发清甜，而"芥蓝如菌蕈，脆美牙颊响。白菘类羔豚，冒土出蹯掌"。老苏的菜园子里，这有菌蕈口感的芦菔就是萝卜，堪比羊羔和熊掌的白菘是白菜，芥蓝就不必说了。

择了菜拾掇烹煮好了，再到林行婆家沽了酒，招了山僧野叟一起饮酒尝新。若是醉了，就闲坐东窗，卷帘欹枕卧看山。分明就是陶渊明的从容自得。

从扬州起始，东坡一路走一路和，到儋州时已有和陶诗百数十篇，便央子由作序。他是陶渊明隔世的知己，而子由是当世最懂他的人。

子由的序名为《追和陶渊明诗引》，因避祖父名讳，

他兄弟写"序"都以"绪"或"引"代。子由说兄长"欲
以桑榆之末景，自托于渊明"。陶渊明说自己"性刚才拙，
与物多忤"，而东坡也说自己，"半生出世，以犯世患"，
因此，"欲以晚节师范其万一也"。这是揽镜自照时不仅
仅看到了自己的理想，也看清了自己的性情，笔墨于是渐
渐萧散简远。东坡仍旧觉得"深愧渊明"。

　　他大概并未意识到，自惠州后，他越发活成了陶渊
明的模样。不单追和的诗文，及至性情，及至饮酒耕读，
镜子里的陶渊明就是他的样子。甚至，陶渊明有阿舒、阿
宣、阿雍、阿端和通儿，他亦得迈、迨、过、遁四子，除
遁早夭，迈、迨、过俱善为文。不对，镜子里的陶渊明似
乎在某一点上还不如东坡，他有子由啊。

壬寅秋分

苏东坡的朋友们

黄山谷的"名片"

黄山谷有一张"名片"，有了它，就有他的"山谷体"，有了"松风阁"，有了"花气熏人"。

据说，他"抓周"时就抓住了一支笔，从此，一生相随。当然，"抓周"只是传言，"名片"却真实不虚。

东坡曾经与山谷论书法，说："鲁直近字虽清劲，而笔势有时太瘦，几如树梢挂蛇。"黄山谷则笑苏东坡的字褊浅，"甚似石压蛤蟆"。"石压蛤蟆"自然是好朋友之间的玩笑话，于书法一道，山谷对东坡几乎一贯保持着匍匐尘埃的姿势。

"本朝善书自当推为第一。"

"翰林苏子瞻书法……于今为天下第一。"

"此公盖天资解书，比之诗人，是李白之流。"

…………

连世人批评东坡书法有"病笔"，他都能以西子捧心来辩，说"其病处亦自成妍"。东坡足下伏道之人自不在少数，但山谷怕是领头的那个。

还是看山谷的名片。"树梢挂蛇"的山谷书法，大约如《李白忆旧游诗帖》之类，有劲健的枝干，恣肆的枝梢，更见势若飞动的逸气。逸气就是那"蛇"了，有圆转之笔，有飘动之态，时而轻云缓行，时而痛快淋漓。

寻了书帖细细读来，果然满纸龙蛇飞动。

我私心里觉得山谷作此帖必定喝了些酒，且仅一些些而已，不是张旭怀素式的大醉，是醺然起了兴致。颠张醉素之笔，是裹挟了朔风的，笔势如扫，就须以酒来触发。十杯五杯尚不解意，百杯之后才开始癫狂。于是乎，狂风大作、鬼神出没，恍兮惚兮间，径上云霄又直下膏壤。只是纵横间有酒气熏人，隔着陈旧绢帛也得了曲糵之香。不过，张旭《肚痛帖》和怀素《苦笋帖》倒并未见酒意。前者有痛感，后者得闲逸。

《肚痛帖》实在真能扯出一些绞肠痧般的痛意来。起笔就忽然肚痛不堪，笔尖未舔，墨意尚浓就落入了纸端。痛因为何？是冷是热？百思不得其解。当此际，其势可见曲折了，又缠绵相连，大约痛得时缓时疾。痛得紧时，笔势愈快，看似气息略有些虚浮，实则意象迭出，是神龙在天而只现虬须。终于龙尾矫然一摆，神龙于云端傲然长啸，勃然而下，一时气势如虹。帖读毕，痛意顿消。如此来看，《肚痛帖》是人与肚痛的搏击，那痛意前一番撕扯扭打，后一程乘隙反扑，终究是人越斗越挥洒自如。几个回合下来，张旭胜。

相比张旭"肚痛"的痛意，怀素的"苦笋"了无苦味，倒有几分竹林风度，仿佛嵇康抚琴时，风自林下灌入，一时萧萧肃肃。

黄山谷也有《苦笋帖》，甘脆而小苦，虽写春天的笋，而有秋雨意味。不如怀素，有佳茗相佐。大概黄山谷写此帖时，窗外淅淅沥沥，桌上苦笋孤行。倒是符合李渔的美食标准，他说世上鲜食最宜孤行。黄山谷吃苦笋时，的确有些孤独，不如忆旧游的李太白。李太白的旧游有着恣肆的快乐，入天际，又下凡尘，纵逸又宛转，奇俊且清澈。

又不是他一贯的狂放，是淋漓之中自有法度。

黄山谷自是深谙此道之人，作此帖时意兴遄飞，能见倜傥，也能得疏密，有飞走流注之势，又间有惊竦峭绝之气。即便笔势翻腾，结字百态，他仍是清醒的，结体布白皆严谨，绝无惊蛇失道之轻率。如何不是"树梢挂蛇"？

《李白忆旧游诗帖》是蛇不是龙，蛇是小龙。龙能掀起如怒波涛，蛇且矫劲且俊逸，天马行空又收放自如。若说张旭怀素笔法如谪仙的汪洋恣肆，黄山谷此帖虽并非太白一贯模样，却符合"忆旧游"时的太白法度。左冲右突、跌宕起伏间，有一挥而出的洒脱与浪漫。恍惚里又似乎见山神山鬼来座中，飕飕然有风声，浑似秋声又不是秋声，又如李长吉。不对，有一点不像长吉，长吉的孤独几乎到了孱弱的地步，又一味求奇求险，黄山谷是自审而坚韧之人。

若以秋比，黄山谷是晴空一鹤，李长吉有诡谲与凄异。陆机的《平复帖》有这份凄楚，但与长吉的奔放奇峭差得太远。黄山谷的秋是在山际描摹出来的，天清气朗，下能俯瞰深谷，上可揽天边浮云。山间草木正各色层叠，谷里幽泉也清冽。到了晚间，秋虫的鸣声尚还清亮，月明晃晃，将人心照得亮堂堂，连孤独也没处匿身。这样的秋里，风亦飒飒、木亦萧萧，会有山鬼披薜荔束女萝飘然而至。中年后的欧阳修也写秋声，肃杀里尚且有金石兵戈之气，年纪轻轻的李长吉诗里一派桐风苦雨、衰灯寒素。长吉终究是孱弱的，欧阳修与黄山谷无论诗文还是书法，元气自足。

山谷草书帖里，《李白忆旧游诗帖》宜秋，《花气熏人帖》宜春，因为花气熏人。

山谷的春不是刘方平"今夜偏知春气暖，虫声新透绿窗纱"那样春声的初次萌动，亦非于良史的"掬水月在手，弄花香满衣"。刘方平实在擅写春，也不俗，人家都写柳绿桃红，他偏偏借夜幕将这些都遮掩起来，只在夜色里调进半片月色，析出几分暖意，再添几声虫鸣，仅此而已，春声已至。即便如此，我总觉得他过于纤仄了，像惯于在脂粉堆里打滚的男子。于良史的春则是真花气熏人，像盛唐的牡丹，花也繁盛，月也圆满。太完满的事物，总须破一破才好。如同修禅习武，禅关打通，神脉贯透，是不破不立。不过，刘方平大约经不起"破"，像琉璃。于良史是繁花织锦，无从破起。

黄山谷"花气熏人"里有破局，诗与帖皆"破"了，也由此一破，风一灌而入，便醒了心神。

春是暖春，和暖才"花气熏人"。四字即能见熏风骀荡、绿肥红腴，一切皆秾丽美好。原本心境凑泊，偏花气熏人，

扰了禅修。然而，"破"并不在"破禅"，"破禅"仿佛
挠了人心底的痒处，于是渐生微澜。"破"在"过中年"，
明明春光如许，花气袭人，非得交代一下，已是中年心情。
譬如，李易安《如梦令·昨夜雨疏风骤》，原本海棠正好，
夜来雨疏风骤，才得绿肥红瘦。

帖至此处亦破局。原本起首一句是繁笔，可见盎然生
意。二行便增加了笔势，"过"取势险绝，意态奇逸，"中"
字干脆一破到底，布白顿时有了参差。

诗句破了之后又如何呢？后两句"春来诗思何所似，
八节滩头上水船"，竟也是《如梦令·昨夜雨疏风骤》一
问一答的同工妙笔。李易安那厢是宿醉未消，懒起探看。
侍女来卷帘，趁便问道："海棠依旧否？"卷帘人自漫不
经心答："依旧。"海棠经雨的怅惘与倔强只有易安能懂，
她道："应是绿肥红瘦。"而黄山谷这边是友人送花催诗，
他自问一句诗思若何，再自答恰似"八节滩头上水船"。
问与答接得随性，这两行书也自在，藏露、轻重、连断、
俯仰、方折，皆浑自天成，又苍润见骨力，行气也通脱。
这气息实在与"上水船"之意相左啊，诗思不是如逆水行舟，
而是"潮平两岸阔，风正一帆悬"啊！

相较而言，"应是绿肥红瘦"是基于色彩上的明快想

象，"八节滩头上水船"则是想象上的动态呈现。红是残红，绿是新绿，红也红得明艳，绿也绿得淋漓。风雨便是一副色厉内荏模样，海棠却并不惧它，倒迎着它生芽、拔节、开花。"上水船"亦如此。

《花气熏人帖》竟有些像黄山谷的人生了，前一程繁花着锦，后一半绿肥红瘦，都因了那一夜的雨疏风骤。而其实，瘦瘠的红香是流光，而肥腴的绿意则是对生命的信念。经了这一场风雨，黄山谷才有了响当当的一张名片，成为他自己。也是不破不立。

早年间，黄山谷是不写草书的，他嫌自己草书有"尘埃气"，东坡也批评"多俗笔"。中年破局之后，就有风了，尘埃涮清。世人大概都该经些风雨吧，比如小菜里的萝卜白菜，须经霜气，才得淡味之中见至味。

不作草的那些年，黄山谷是执铜琵琶、铁绰板，唱"大江东去"的关西大汉。如《懒残和尚歌》，挥得好一手长枪大戟。端的是苏门学士，书风都像极了东坡词。

那么，东坡又像谁呢？苏东坡就是苏东坡，不似任何人。

秦少游的表情

秦少游的郴州不是韩昌黎的郴州。

韩昌黎过郴州，说有"清淑之气"。秦少游谪此，凄厉一问："郴江幸自绕郴山，为谁流下潇湘去？"

昌黎先生眼中的"清淑之气"，在少游看来，无非是漫沆春愁里掩埋了一程羁旅的孤魂。韩昌黎的郴州有张功曹，能同升共黜，可诗酒酬和；有廖道士，多艺而善游。少游呢？只有一个老仆滕贵随行，连乡梦都不得偿。

韩昌黎与张功曹贬谪之路又何尝顺遂？他们一路九死一生，船行到水尽头，这千古的罪人谪地才算到了。蛮荒之野以沼气瘴疠迎接两名"罪人"，还有床下随时可能出现的虫蛇。千余年后，一首"流行"在郴州的民谣呼应了他们的行程——"船到郴州止，马到郴州死，人到郴州打摆子。"

在韩昌黎面前，好友张功曹的另一个"身份"是歌者。中秋月下，郴江之上，他们挤在一艘小船中。一曲慷慨悲歌，将月都唱得苍凉了，投一个寒影在江面，几乎惊得鱼儿仓皇跃出。张功曹的歌谣里有着真实的仓皇，如同随时躲避拘役的逃犯，以至于感同身受的韩昌黎"不能听终泪如雨"。

即便这样，韩昌黎的郴州仍旧可圈可点。郴州山水清淑之气磅礴，郴州物产皆千寻之名材，郴州的人们如廖道士，气专而容寂。至少韩昌黎是这么看的，何况还有张功曹。那就悲歌暂歇，有酒且饮，有鱼斫脍。秋月升时自饮酒赏月，春潮起时便执叉叉鱼。

与张功曹叉鱼在北湖。

那日，夜至中宵，大炬燃如昼。人们将小船一艘连一艘，缚成了一座桥，一直伸向湖心。火把将湖面照得亮堂如镜，全无须细加分辨，水底的沙砾也清晰可数。"船桥"稳稳当当，二人执了鱼叉只需任意插入水中，再举起时，叉上已经有了一尾鱼，在奋力摆尾企图脱身。叉鱼的场面激昂热烈，人人都喜形于色，手中叉上下翻飞，在火把的掩映下，寒光四射，竟似有无数柄叉击落又抬起，无数尾鱼四下奔突，却终究落入叉梢，一时湖上涛澜激荡声光喧沸。昌黎先生又是悲悯之人，"中鳞怜锦碎，当目讶珠销"两句，将人心也揪起来了。"锦碎""珠销"，有美好事物被毁灭的凄怆。他们终归是来叉鱼的，观鱼游乐，斫鱼成脍，邀友听渔夫船谣、酌酒食脍才是正经事。

"叉鱼诗"仍旧有些跌宕的，却也只如湖上淡淡轻烟，春风一到即散。昔日贾谊被黜长沙，见鹏鸟入宅，忧思难平而作《鵩鸟赋》。昌黎先生偏不问鹏，只棹舟叉鱼，对月饮酒，将自己混成一个郴州人。实则，他只是郴州的过客，落脚处在更远的潮州。

人生由命，有酒须饮。这是韩昌黎过郴州时的人生信条，在郴州的秦少游如何也做不到。另一位远在惠州的谪人倒有着与韩昌黎类似的价值坐标，在他看来，同样瘴疠横行的惠州，山川风气皆清嘉。他是苏东坡。

彼时，东坡住在惠州一个小村院子里，用断了脚的锅煮糙米饭来吃，如退居老僧，却仍道一句，"便过一生也得"。东坡买田筑室过日子，也作了惠州人，竟颇见快意。林下恣意啖荔枝，是为一快。煨了芋头又食羹，是为一快。菜圃中芥蓝如菌蕈，白菘类羔豚，是为一快。罗浮山中有道士，深可钦爱，是为一快。家中有婢女，能造好酒，便名之为"罗浮春"，堪比驸马都尉王诜家的碧香酒，是为一快……

初至惠州时，东坡也曾为厄所困。一次游松风亭，爬半日犹未至，已感力竭不逮。只好就地歇了，心上却如挂钩之鱼忽得解脱，"此间有什么歇不得处？"

少游终究没有学会韩昌黎、苏东坡的随遇而安。从南迁之始，他与郴州始终隔膜着。

曾有人判定，少游为古之伤心人。郴州大约就是他的伤心地吧，一阕《踏莎行·郴州旅舍》，是他伤心的表情。

雾失楼台，月迷津渡，桃源望断无寻处。可堪孤馆闭春寒，杜鹃声里斜阳暮。

驿寄梅花，鱼传尺素，砌成此恨无重数。郴江幸自绕郴山，为谁流下潇湘去？

便读此词，蛮荒之地的郴州也实在有清淑之气。"郴"为林中邑，我可以为你描述她的模样——青山作伴，一水绕城，由郴江溯游上可至云梦之泽，从骡马古道能下到岭南两广。南塔钟声朝暮浑沉，苏仙岭上道观仙渺，北湖渺阔深碧。城中青墙黛瓦巷陌纵横，炊烟依稀，鸡犬相闻。裕后街的古码头有无数谪人的落拓身影，也有冬夜奏响的哀怨寒砧。

韩昌黎叉鱼的北湖在仙桂门外，秦少游的郴山就是苏仙岭，在东门外，山前即郴江。曾有州郡志记载，"郴为佳山水，东有仙山，南北湖，皆由来名胜"。仙山还是苏仙岭。

苏仙岭原名牛脾山，因西汉时出了仙人苏耽而得名。

关于苏仙的故事，葛洪的《神仙传》和蒲松龄的《聊斋志异》都曾作记录，大约总不会是没有踪影的事情。苏仙与少游似乎毫无纠葛，又未必全无纠葛。牛脾山因长松茂林紫云氤氲而成苏耽升仙之所，山中又有母亲死后苏仙所种桃树，桃树年年华茂终成桃源。

到我们这一代郴州人时，有过仙迹的苏仙岭早已成为郴州俗世生活的一部分，如同旧时王谢堂前燕。

"吃完鱼粉爬山去。""好，爬山。"

像郴州人惯于早起吃鱼粉一样，郴州人也习惯爬山。虽然四围皆山，但人们早起爬的山只能是苏仙岭。除却慕名而来的游客，岭上的日常就是大多数城市公园的日常，乃至岭上的和尚道士也染了俗尘。

尽管"跌落"红尘，但还是能从白鹿洞、桃花源、升仙石上觅得一丝"仙踪"。

苏仙岭的仙踪大约又与郴州气候相关，春冬淫雨绵长，岭上便紫云氤氲烟气袅袅，就是一阕"雾失楼台"。青山、台阁、桃源、津渡，都隐在烟云间，隔膜又孤单。灰黛的天上似乎有淡淡的一抹月色，细细再看时，那一抹也隐匿了。不远处便是苏耽的桃源，但桃源也在雾气里形迹渺杳，一如陶渊明心底的世外桃源，终无觅处。

孤单的背景前还有一座郴州旅舍，黑漆的门，门环已经长久没有响过，只有山间杜鹃的泣血孤鸣，声声凄厉——

不如归去！不如归去！

郴州的种种，组成了少游的表情。

少游也写过桃源之美，是在郴州的另一阕词，《点绛唇·桃源》。"烟水茫茫，千里斜阳暮。山无数，乱红如雨"，仍旧如深陷迷雾中的一个梦境。梦里，他饮了不少酒，醉后就棹一轻舟，听任水流将他带到桃花深处。桃源烟水茫茫，两岸青山延绵。余晖之下，芳草鲜美，落英缤纷，直如隔绝尘嚣的仙境。只无奈为俗尘牵累，不能解脱，"无计花间住"。走出桃源后，少游也曾企图如武陵渔人一般往寻桃源，最终也同他一样，"不记来时路"。

读毕，一时竟不知他的桃源到底是苏仙的，还是陶渊明的。少游也想觅一处"避祸"之所，种作往来怡然自乐，而不知今是何世。

少游的"祸"也与东坡相关，而谪至郴州的直接原因则与韩昌黎相类。只是昌黎先生是"谏迎佛骨"，而少游抄佛书，都无非欲加之罪。千里的辗转，昌黎先生做了郴州的过路人，而少游成了郴州旅舍的常住客。

羁旅异乡，沦落天涯，深重离恨层层叠叠地堆砌着，犹如身后的郴山，高无重数，厚无重数，欲归而不得。便是有千里之外的音书，孤凄也不得慰藉。

"郴江幸自绕郴山，为谁流下潇湘去？"少游最末这一问，竟也似杜鹃鸟的凄厉鸣声。郴江尚且能奔北而往，他却只能在这里向北而望。

少游终究未能北归，在藤州自作挽词一首后，茹哀辞世。无人设薄奠，无人饭黄缁，空有挽歌辞，而无挽歌者。正在北归途中的东坡哀痛决绝，将其《踏莎行·郴州旅舍》书于扇面并跋曰："少游已矣，虽万人何赎？"

而就在此前不久，给少游的尺牍中，东坡还道："若得及见少游，即大幸也。"

他偏只留给他一个"表情"，终不得见。

幸而少游留给这个世界最后的表情是笑，这大约是唯一值得欣慰的事。

《宋史·秦观传》记录了少游的最后一个表情："徽宗立，复宣德郎，放还，至藤州，出游光华亭，为客道梦中长短句，索水欲饮，水至，笑视之而卒。"

陈季常的标签

后世对于陈季常的了解，几乎都在于"河东狮吼"四字上，仿佛成了他扒不下的标签。大约他也没打算扒拉下来。

"河东狮吼"这个标签有"民间"和"官方"两个版本。民间版本得益于洪迈《容斋随笔》里的一则笔记，一句"其妻柳氏绝凶妒"，将陈季常妻子柳氏妒名传了近千年。后来又有了一出昆曲《狮吼记》，简直将陈季常玩坏了。

曾看过上昆版《狮吼记》，柳氏出帘幕慵倦的一声叹，又滴溜溜唱道："朦胧春梦莺啼醒，绿窗外日移花影……"竟浑似流出风了，而风又曳起一折柔柳，于春水面上轻轻一掠，皱皱了一些涟漪，渐次荡开。啊呀呀，这哪是"河东狮"，分明是杜丽娘啊。

待得陈季常拿出扇子替妻子打扇，柳氏见扇子精美便怀疑是娈童所赠，登时怒目圆瞪撕扇掷地。这算是露出了悍妻真面目。

《狮吼记》里，最深入人心的要算"跪池"一折。讲的是陈季常赴东坡的春游之约回家后，被柳氏责骂并罚跪池边，缘由是春游间有歌妓做伴。柳氏揪了季常耳朵，黎杖正高高举起将要落下，东坡到了。他想为好朋友打个圆场，柳氏竟又举了黎杖要来打他。末了，柳氏揪着陈季常耳朵离场，季常一边回头望向东坡，一边两只水袖在身后不停甩动。直看得人也要道一声念白："啊呀，没奈何！"

昆曲总是端然的，不如越剧版本"跪池"里的陈季常，分明有着婚姻里的慧黠。末了的两只水袖挥得上下翻飞，东坡自在他身后心明神会。

"河东狮吼"的"官方"版本自然来自苏东坡那两句诗："龙丘居士亦可怜，谈空说有夜不眠。忽闻河东狮子吼，拄杖落手心茫然。"诗题为《寄吴德仁兼简陈季常》，是一首古风。诗写给吴德仁和陈季常两人，吴德仁与此无关，且不谈。"龙丘居士"就是陈季常。其时季常隐居在岐亭，庵居蔬食，日日"谈空说有"，即谈论佛法。佛教有"空宗""有宗"二宗，前者为主张一切皆空、般若皆空的宗派，后者是主张诸法为"有"的宗派。狮子吼，亦是佛法譬喻，喻佛讲法如狮子威服众兽一般，能调伏一切众生。

如此来看，陈季常只是在修行佛法，并非怯懦惧内呀。若非得寻些端倪，大约只有"河东"二字了。人们都知道柳宗元世称"柳河东"，就因"河东"是柳姓郡望。陈季常夫人便姓柳。苏东坡这"河东狮子吼"，或者是一语双关也未可知。即便如此，陈季常也还是可爱有趣的。

陈季常的好玩有趣还更体现在东坡的一篇《方山子传》里，因头戴"方山冠"，又多了"方山子"这么个标签。

方山子陈季常有两个身份，少年做侠客，中年为隐者。

侠客方山子的偶像是秦汉时期的游侠朱家和郭解，他便也嗜酒任诞，仗剑豪侠，视金钱如粪土。东坡在岐山时，曾亲眼见他射猎。鸟雀飞来，随从驱马去射，却毫无斩获。而方山子张弓搭箭，一马奔出，不待东坡回过神来，他那里早已一箭中的。

还是这位马上论英雄的豪侠，中年后弃车马、毁冠服，做了山中一隐士。从"园宅壮丽"到"环堵萧然"，几乎是一宵之间。

方山子标签下的陈季常，我心里代入的是令狐冲。他天性自由，豪放不羁，却偏与他生存的现实格格不入。他欲"笑傲江湖""江湖"对他的馈赠却更多是名门正派的戒律与约束，几经奔突，终究还是拘囿隔膜着，就弃江湖而去。

金庸大侠曾说，令狐冲不是大侠，是陶潜那样追求自由和个性解放的隐士。

要我说，令狐冲距陶渊明至少还隔着个陈季常，且对比两人看看。

令狐冲是孤儿，被岳不群收养成为大弟子；陈季常出身世代功勋之家，如侧身官场，必得显贵。寄人篱下的令狐冲在华山这么一个荒野之地长大；陈季常家在洛阳，园林宅舍可与公侯之家相比，在河北地方还有田地，年入布帛千匹。这是无产阶级与豪门显贵之间的差距呢。地位功名利禄都能轻易舍下，这一"局"，陈季常胜。

二人武功路数自然没法比，行侠仗义却是一样。此为平局。

令狐冲虽看似洒脱不羁，实则优柔寡断，早期对岳不群简直无条件盲从。陈季常早年也曾醉心功名，仕途不济便洒然而退。陈季常略高一筹。

令狐冲受任盈盈影响后逐渐回归本我，伉俪双双退隐江湖。而柳氏虽亦与陈季常携隐，终究落一个"河东狮"之名。娶妻一道，陈季常略逊。

令狐冲好结交朋友，莫大先生、桃谷六仙、不戒、平一指、黄河老祖……连田伯光都是他的朋友。陈季常自有光州黄州异人为友，更关键他有苏东坡啊。老苏在黄州四年，到岐亭见陈季常三次，而陈季常找他七次，每次都会在对方家里住上十天半月，四年下来共处的时光有一百多天。交友一项，陈季常胜。

陈季常与苏东坡的情谊足以用"你侬我侬"来证。东坡被赦离开黄州去汝州，众人送行至慈湖（在湖北黄石）后便纷纷散去，独陈季常依依不舍，从黄州一直送到九江，与东坡畅游庐山一番之后才返程。听闻东坡谪惠州，陈季常又写信说要去岭南探望。东坡回信："彼此须髯如戟，莫作儿女态也。"幸而这封信不如《新岁展庆帖》被广为人知，否则"儿女态"恐怕又将成陈季常另一个标签。

惠州之后，大约音书难达，苏东坡诗文中再无陈季常踪迹。就譬如一阕好词经勾栏酒肆一再传唱，至关要处偏戛然而止。人们只记得了几个标签，词牌韵律都失传了，须有心人在旧书帖里细细寻觅，才能得一些雪泥鸿爪。

壬寅三月廿七

未了因

眉山的苏老泉生了两个儿子，分别取名轼与辙。就如同在二子的脑门上各盖了一个戳，给他们的性情限定了阈值。

"轼"是马车前用以扶手的横木，"辙"是车轮压出的痕迹。轼在前，而辙居后，便轼为昆，辙为仲。轼有眼见的显性，辙则退隐于车后。又于是，轼更张扬率性，辙如静水深流。轼与辙又都有无用之用，马车之上，轮辐盖轸皆有职分，轼无用而不可或缺，辙更无用，然车仆马毙患亦不及辙。

世人来看，轼为形，辙为影。如同《庄子》说影子如"蛇蚹蜩翼"，须依凭于形。影子于形体而言，大约就等同于车辙之于车，无甚他用，只表明其形迹罢了。《庄子》还说，有人厌恶自己的影子和足迹，便不停地奔跑想甩开它们，殊不知影迹皆随形，此人终究力竭而死。庄子以为梦里栩栩然为蝶，醒来后仍旧在那副躯壳之中。这是形骸与影子互为拘役。并不等同于轼与辙的关系。

《山海经》里有一水生怪物，蜮，最擅含沙射影，它隐于水中，向人的影子喷射沙子。被射中影子的人往往或病或亡，可知影子与肉体互为一体。如是，形与影相依相随，形毁而影灭，影伤而形损。而形与影亦得相互成全，譬如西窗竹阴里竟日有余清，倦眠松影下百窍皆通畅。又譬如，轼与辙。辙似乎永远做着轼的印迹，又渐渐将自己支棱成一个车盖，总想给始终仰着倔强头颅的轼遮得一些阴凉。

不仅于此，苏老泉还给他们各取一字，轼为子瞻，辙为子由，子瞻在前头走，子由从之。

从眉山纱縠行的苏宅里始，子由就做着子瞻的影子，跟他读书作文，"未尝一日相舍"。

苏家的书房位于宅院南侧，轩窗之外有数百修竹。连碧的竹叶密致得浑如重罗筛，将阳光细细筛过，斑驳地染了半墙绿。竹荫也青郁，无上清凉。这便引得鸟儿们鸣声上下，从一竿竹枝跃至另一枝，那竹枝一振带起尖梢的数枚翠叶仄仄作响。除却鸟儿轻跃，风来更带起一串仄响，足可凭轩闻清音。若有月则更妙，风将竹的疏影也扯了过来，投映在案几书卷之上，一案墨竹。大约就因了这南轩的竹风，苏老泉给书房起名为"来风轩"，子瞻与子由只取其方位，称"南轩"。

南轩附近还有一小池，种了半池白芙蕖，落雨的下午就观骤雨打新荷。疏风将团团荷叶推揉得左右摇曳，琼珠在花叶之上乱洒。南轩竹偏不畏风雨，一场豪雨后，绿意益发盈出来了。便唤了家中惯爱赤脚的婢子去院中的园圃里撷些时蔬，炒几个小菜，在窗前对酌几杯。窗外竹林风雨霖琅，窗内二苏作嵇阮酒客，夜来再听雨对床眠。

南轩的一窗竹影浑如刻进了子瞻与子由的神髓，以至于数十载后，仍旧时常出现在他们的笔下或梦里。

子瞻梦里的纱縠行故宅也有修竹数百，野鸟数千，他们也去蔬圃，也掘芦菔，也作文章，都是少年时与子由一道的身影。子瞻做此梦时，月夕将至，他在扬州，而子由在都中。晨起后，子瞻铺纸提笔书一帖，满纸清风飒然。后世称此帖为《书南轩梦语》或《元祐八年南轩记梦》，执帖一看，端的是一窗竹影，竹下还有习习凉风。帖虽写于八月，读之竟能得初夏清气，大约还是因为南轩"来风"吧？此帖亦可见两位少年在南轩时的清朗。

子由也时常想念南轩，除却那个落雨的午后，还有一室藏书。不过，子由总是没有子瞻的挥洒自在，却更能由南轩藏书推而广之，一唱三叹，而又见汪洋淡泊。这是一窗书影开两脉文章。

南轩课业之余，少年们会去到各处游玩，遇山便登山，遇水则浮涉而往。子瞻每次都撩起下裳先行下水，子由则怯怯地试探一番才伸脚。子瞻步履轻捷，往往飘然便远去了，独留子由在身后。他自在泉边石上逍遥悠游，采林卉，拾涧食，饮溪水，洒然似仙。

子由做不了仙。他自幼身体羸弱，夏则脾不胜食，秋则肺不胜寒，又高高瘦瘦，体貌弱不胜衣。每每子瞻几乎奔逸绝尘时，他犹在后亦步亦趋。他又并非一味蹩乎其后，只是希望子瞻偶尔回头时，能看见他总在身后不远处。如同老父亲当年以"辙"与之，他须无愧于这个字。

子瞻曾往益州一游，得了一方缸砚，回来就送给了子由。不同于端砚歙砚等脱胎于天然而形成于人力，缸砚纯属废物再利用，是益州滕姓老者所创，以破酿酒缸切割琢磨而成。不知是缘于酒缸"饣甫糟啜酒"，抑或是破缸之"杀身自鬻"，制成砚台后，缸砚一度被人们引为"异物"。子瞻对于好物从来没有免疫力，竟也不知为何，偏将它给了子由。子由并不甚经意，淡然接过，回头作了一篇《缸砚赋》并序文，看似泊如之论，却清澹洞达。

后来，子瞻说"子由之达，盖自幼而然"，大约也应照了此时。这一年，子瞻十九岁，子由十七岁。

次年，老苏领着大苏小苏出门了，第一站去了成都拜谒张方平。方平看了二苏文章，待以国士，认定他们将"乘骐骥而驰闾巷"。后来的兄弟一齐登科的故事，世人已然皆知。从前的小影子，已经足可与兄长比肩而行了。

此时的子瞻与子由如同镜子里外的两张面孔，互为形影。

东京岁月须聚焦于怀远驿和南园，前者是二人应制科试前寓居之处，后者是三苏在京城购置的宅院。

宋朝沿袭隋唐贡举制度，在进士科基础之上还设制科，目的在于拔擢非常人才。怀远驿的备考生活，二苏形影不离，日食"三白饭"，夜来对床眠。"三白饭"无非一撮盐一碟生萝卜一碗饭，他们却"食之甚美"。

吃"三白饭"苦读半载有余，一日，秋风萧然而起，雨亦潇潇而至，至中夜竟又翛然去了。子由还是孱弱，起身要去寻件外衣披上，子瞻看他寻衣时略微屈身而佝偻瘦削的背影，想起了韦苏州那句"宁知风雨夜，复此对床眠"，倏忽有了离合之慨。若制科得中，兄弟二人大概就将各自宦游四方了吧。

子由闻兄长此语，虽也唏嘘一番，却并不知道，子瞻一语竟成谶。此后，二苏不相见者十常七八，每至夏秋之交，木落草衰风雨潇潇之时，子瞻子由皆隔空凄然回望这个秋夜。

若怀远驿更见兄弟至情，南园则是除南轩之外的另一种清和美好。

制科后，他们终于在东京有了自己的寓所，在宜秋门外。宜秋门为东京内城西墙的南门，故名为南园，大约也与纱縠行苏宅的南轩相照。

南园几乎承载了三苏共同的闲在。此时制科已毕，尚未赴任，无须苦读又了无俗务，打理南园便成了他们在京"主题"。

园子约半亩，他们在其间种下两株柏树，又植了一架葡萄。南轩那窗竹自然也须在南园的窗前投个影，再种一树石榴，五月观花八月撷实。四季应景的花也得种些，春天看萱草和桃花，夏观葵花与牵牛，井栏旁本有一蓬芦苇，

正好移栽至堂下可供秋赏。南园土质瘠薄，两株柏树也不
知何时才能长成，倒是墙角春天才发的蓬草，才几时就已
经一丈有余。那牵牛花也沿墙根攀缘走蔓，花都开到一旁
杂生的草木上了。

　　老苏在庭前凿了一口方池，引水从假山岩壁中流注池
内，上面还放了一座三峰的木假山。木假山主峰魁岸踞肆，
意气端重，两侧二峰则庄严如刻削，凛然不可侵犯，山势
虽欹斜向于中峰，却绝无依附之态。老苏独重木假山之风骨，
还专写了篇《木假山记》。老苏此记，大约更是揽镜自照，
他的一生亦不卑不亢。此时，他年已老迈，模样怕也如皴
皴的木假山了。

　　父子三人在南园中各得其乐。老苏专心做自己的学问，
子瞻在给朋友们的信中反复说"起居佳胜"，子由为园中
草木一一题咏，得诗十首，子瞻又和十一首。不过，子瞻
和诗时已身在凤翔，形影不离的兄弟俩第一次离开了彼此。

　　凤翔是子瞻仕途的第一站，而一同参加制科试的子由
在策论里把皇帝批评了一番，便只好请求留京侍父以平息
风波。老苏当年为兄弟二人取名时，曾说："辙者，善处
乎祸福之间也。"如今看来虽大略如此，只老苏大约也未
想到苟言笑善避祸的子由还有一个迂腐耿直的秉性。

　　子由送兄长赴凤翔签判任，比梁祝依依不舍的"十八相送"更甚，从开封一直送到了郑州西门外，足足有百余里。送君千里，终须一别。子由上马回身的那一刻，子瞻竟有些精神恍惚，以为自己神魂也跟着他回去了。子由一人一马在原上渐渐行远，马是瘦马，人更瘦削。时值深冬，虽衣裳披覆在身，却让他瘦高的背影更显单薄，而暮色也已降临，天边孤独的下弦月似与独骑瘦马的子由两相映照。

　　那马行进并不快，也仍旧免不了渐渐消失在视野里。子瞻赶紧登上高处，回首望去，子由的身影却被坡垅遮蔽，只头上乌帽时出时没而已。子由已行远，此去岁月飘忽，也不知何时才能复相见，一如当年那个秋夜的寒灯下，对床听风雨。

　　往回走的子由亦情同此境。廿余年来，他第一次没有跟在兄长的身后，马头掉转后，他知道子瞻尚在原地目送，也驱马缓缓在田陌间逡巡，不住频频回头。此时，风雪凄然。

　　在他看来，子瞻就是那乌骓宝马，只是从此前路孤独，嘶鸣之时也再无他的应和之声。而子瞻的孤独又何尝不是子由的？互为形影的二苏从此只影形单，好在他们自有应和之策。

　　子由回东京的路上再度造访了他们应举前住过的渑池

未 了 因

僧舍，可仅仅时隔六年，已经物是人非。当年寺院墙壁上他们的题诗仍在，主持的老僧却死了，独独多了一幢埋葬骨灰的新塔。他便作《怀渑池寄子瞻兄》。

子瞻以"飞鸿踏雪泥"回他，告诉他人生无非偶然留指爪而已。又以"往日崎岖还记否？路长人困蹇驴嘶"回复子由对自己"骓马"的评价，大约既以蹇驴自嘲，又言崎岖已成过往。总是子瞻更透达些。

从此，子瞻在凤翔，子由在东京。秋惊岁晚登楼见落雪时，除夕鸡兔成馔亲友欢会时，或见一处碑帖，或赏一轴仕女图，乃至一次取水、一样民俗……皆有应和之音，如《诗经》所言"伯氏吹埙，仲氏吹篪"。

只不过，子由之声若埙，而子瞻是篪，一个沉静幽然，浊而不涩；一个清远逸然，澈而不滑。埙音就是那个深秋的傍晚郑原上一人一马渐渐行远的影子，与衰草连天的旷野融合无虞，风也萧瑟，天也苍茫。与埙以土炼焠不同，有竹之姿的篪，声也似风过竹林，亦得清风飒然，亦可铿然激越，能凌空一览，也宜静水深流。是竹得了风的随性自在，风盈了竹的清绝之气。两者性情也孤绝，一旦相和，更成绝唱。

子瞻在凤翔任上三载有余，罢任返京后，同子由将唱和诗文结集，名为《岐梁唱和诗集》，只是后世并未留存。也是绝唱。

子瞻返京任职不久，子由也终得出仕，任大名府推官。除老苏离世丁忧服丧期间，他们相伴三年，此后，一直各在东西聚少离多，而"相须为命"。

元丰二年七月，乌台风起。从湖州太守到阶下囚徒无非朝夕之间，子瞻自以为此番必死，给子由留下绝笔，交托毕身后事，他道："是处青山可埋骨，他年夜雨独伤神。"由"是处青山可埋骨"一句，可见子瞻于生死之事并不十分在意。他却在生死之际，独念起当年对床听夜雨之事，想到今后每逢夜雨秋灯之时，就只留下子由孤身一人独自伤神。终了两句"与君世世为兄弟，更结来生未了因"，读哭后世无数重情之人。

子由知兄长入狱急而呼天，在安顿了子瞻家人后，冒死向皇帝呈一纸《为兄轼下狱上书》。上书陈词哀恻，如赤子牵衣呼吁于慈父前，求皇帝广开圣恩，免兄长一死，甚至"欲乞纳在身之官，以赎兄罪"。

这何止是兄弟之义，分明是血脉相系的神魂之交。正是子瞻那句"岂独为吾弟，要是贤友生"。

此刻再回头看苏老泉当年取名之意，轼"不外饰也"，辙"善处乎祸福"，对二子的判定，果真不差毫厘。只那句"车仆马毙，而患亦不及辙"却并未应验，子瞻之患终究波及子由，大概客观环境总是无法预判的。此患过后，苏轼被贬黄州，苏辙也坐贬筠州，都做了萍梗飘浮客，各自散天涯。

后来的故事，世人也都知晓了，子瞻一生"功业"，黄州惠州儋州。子由也是半生宦海浮沉，直将贬谪当远游。

元符三年，子瞻终得北归，次年便永远地留在了常州。

"惟吾子由，自再贬及归，不及一见而诀，此痛难堪！"这是子瞻留给人世最后的话，谈及子由时，眉宇间秀爽之气照映。

子由按子瞻临终所托，泣血而作数千字《东坡先生墓志铭》，为子瞻的一生做了注脚，也为子瞻的人生添了最后一行印迹。这是他作为兄弟做的事，也是以"辙"之身为"轼"留下的最后痕迹。

"轼"已去，"辙"再无所从。两年后，子由致仕，携二苏两房大小近百余口退居颍昌。

居颍昌的子由杜门谢客，编书课孙，逐渐髀肉横生。从前那个瘦顾羸弱的少年，竟慢慢与逝去的兄长有几分相似了。

子由在颍昌的宅院也名曰南园，院中也有千竿竹，又有杂花生竹间，也拓了一个小园圃，也种了一树梅花、一株翠柏。柏树竟分出两根树干，浑似东京南园中因土壤贫瘠而并不旺相的那两棵，却同样的"苦寒不改色，烈风终自持"。

他又在院子的东南角开辟出来一个小轩，轩前旷然空阔，几近与天相接。每月望日，子由便洞开门窗，以待月至。月入轩中，他坐轩上，与月一同徘徊悠游。月与他互为形影，如同当年的子瞻与他。

政和二年，子由也去了，嘱咐后人，其遗骨葬于郏县小峨眉山子瞻墓旁。

子瞻子由生前没有实现的约定，终在死后得以达成。从此，世世为兄弟，对床听夜雨。

壬寅新秋

至情人

我总疑心，苏轼若生在明代，会否也将与王弗的爱情敷衍成一出戏？像汤显祖作《牡丹亭》一样，让"死而不可复生"的那个人在戏里活过来。《牡丹亭》因一梦而起，苏轼《江城子》也因梦而悼。正是"梦中之情，何必非真""情不知所起，一往而深"。

戏

戏前都有开场锣鼓，就如说书或口技起始前的醒木，一拍之下，便提点台下兀自嗑瓜子闲聊耸肩缩背目光涣散的那起观众——戏，开始了。

乙卯正月二十日夜，苏轼一梦醒来，轻叹一声，继而念白道："十年生死两茫茫。"

其时苏东坡知密州，年已四十，词风渐入大开捭阖之境。戏里大约应作大冠生装扮，戴髯口，着学士服，是《彩毫记·醉写》中的李白模样。这句"十年生死两茫茫"该用韵白，亦当是大冠生的平稳静缓而抑扬分明，如《西施》里范蠡那句"大好河山，叹君王一去不还"。却于平静语气下，寓绝大沉痛，缓散间就攫住了人心。

《牡丹亭》一梦之前也有一句念白。小庭深院中，袅晴丝摇漾春如线，杜丽娘曼声叹得一句："不到园林，怎知春色如许……"她仿佛在那里将丝线缓缓悠悠捻至最细微处，又略略开阖，惊喜又收敛着，而春色合了水韵，铺面便至。

一句念白末了，是一曲"皂罗袍"。眼见得姹紫嫣红，付与断井颓垣，一些话不知与谁说，手中折扇开阖也亦喜亦嗔亦愁。那眼风、身段、科白、唱腔，一些些搓挼得你也摇曳起来。唱"颓垣"而并不曾颓，见良辰美景叹一句"奈何天"，也只可见她惜春。一曲惜春伤春的"皂罗袍"。

苏轼自然不唱"皂罗袍"，他唱的是"孤雁儿"。十年的生死，千里的孤坟，在这一个深夜陡然就戳穿了心壁，不见血而痛彻了。深阒的夜里除了兀的冷瑟瑟的风在回廊那边响，再无一个人回应。轩窗外梅树暗香早吐，才折得一枝，又回过神来，原来人间天上已无人堪寄。再看看自己，尘满面，鬓如霜。隔着十年光阴，纵使相逢应不识。

当年的相逢光景如何？杜丽娘与柳梦梅唱的是一曲《山桃红》，苏轼与王弗则唱《南乡子》。

> 寒玉细凝肤。清歌一曲倒金壶。冶叶倡条遍相识，争如。豆蔻花梢二月初。
> 年少即须臾。芳时偷得醉工夫。罗帐细垂银烛背，欢娱。豁得平生俊气无。

这一曲《南乡子》实则都以前人集句，上片写王弗样貌才情，下片写夫妇新婚之欢。

"寒玉细凝肤"出自吴融《即席十韵》，写妻子的姿容，面若寒玉清丽，肤是凝脂细润。"清歌一曲倒金壶"语出郑谷《席上贻歌者》，写妻子的歌喉，"倒金壶"是曲调名，以衬歌喉之美。"冶叶倡条遍相识"是李商隐《燕台诗四首》之《春》里的句子，喻舞姿婀娜。"豆蔻花梢二月初"则出自杜牧《赠别》，既点明豆蔻年华，又写美眷如花。

　　下片又分别借了白居易、郑邀、韩偓、杜牧的句子，写流年似水，须趁得"芳时"尽情欢乐。"芳时"如何？"罗帐细垂银烛背""豁得平生俊气无"。哈哈，就是新婚夫妇的鸳被温存，云雨欢幸。

　　那年，他十九，她十六，从此相依相伴十一载。新婚后亦有小离别，就唱一曲"一斛珠"。

　　唱这一曲时，苏轼尚作小生装扮，头戴方巾，手持折扇。

　　时值三月，他与父亲和兄弟已行至西都洛阳。客舍外，"垂杨乱掩红楼半，小池轻浪纹如篆"，早已春情骀荡。却不免想起去冬临别宴上，夫妻二人，烛下花前，以歌劝酒，钱醉而别。一时间，眼前景，别离情，交织牵缠。冬日的梅花瞬间换作晚春的杨柳，更觉来时荏苒，去也迟延，便抚慰自己，终得一天"风流云雨散"，待重见之日再叙相思。

　　这才是苏轼，即便少年相思，也可自我开释。

　　杜丽娘寻梦时也在梅边，毕竟是小女子，忽忽地就伤心自怜了。《桃花扇》里侯方域倒是男子，与李香君离别时，恰值桃花盛开，落红成霞，却也一双眼泪。

　　"南乡子""一斛珠"都是苏轼与王弗的爱情，也是密州时那个夜晚的梦境。那夜幽梦中忽忽就回乡了，她正在小轩窗下梳妆。她还是那样的"寒玉细凝肤"，而他早已"尘满面，鬓如霜"。窗前明月当空，梅香依旧，他们却相顾无言，唯有泪千行。

一时梦醒，风灭了香，月到廊。才惊觉，让他年年肠断的，是那个明月夜，那处短松冈，是生和死隔两端。

若真有人为苏轼王弗作一出戏，那就叫《离歌宴》吧。有少年时罗帐细垂的欢娱，有烛下花前的醉别，有目断西楼燕的相思，更有十年生死的肠断。

风　月

《牡丹亭》不是一曲离歌，是一场风月。我看《牡丹亭》是在家乡郴州。

郴州是一座湘南小城，却有一个昆剧团，唱湘昆。大约入了湘楚之地，昆曲也带了湘音。

剧团有小剧场，像旧时大户人家的戏台，只一大家子亲亲热热坐着，吃着时令果蔬，点几出喜欢的戏，悠哉悠哉。

记得念初一时，剧团曾根据秦少游羁旅郴州的故事创编了一出《雾失楼台》。我就坐在戏台下，怔怔地看，精美的舞台，演员咿咿呀呀地唱，似乎看迷梦一样的幻境。戏里郴州旅舍和桃花居的布景，分明就是我们每天一拐脚就去了再熟悉不过的地儿。秦少游一副穷生扮相，一袭青布衣，却偏在颧骨处晕开两处酡红，倒与他唱《踏莎行》时的悲戚有些无法相糅合。

《牡丹亭》里的柳梦梅扮相比贬谪郴州的秦少游好看多了，清雅又俊秀，风度翩翩，也难怪杜丽娘一梦便相思。

扮杜丽娘的是梅花奖获得者雷玲，一身小桃红的装扮，拈一柄折扇唱"闲凝眄生生燕语明如剪，听呖呖莺声溜的圆"，简直是噙珠吐玉，一派莺声婉转。简直流出风了，而风又曳起一折柔柳，于春水面上轻轻一掠，皴皴了一些涟漪，渐次荡开。你也跟着那风那柳那涟漪荡着，心被揉搓得软软糯糯，忍不住也要曼声一叹——呀——

唱"游园"时，声音里似乎敛着，却让人直可眼见雕梁画阁朝云暮雨，有烟波缥缈云霞流光，也有风扶弱柳雨打芭蕉，一个园子的阴晴晦明便在她们一掩面一挪移一个兰指半分浅笑里。

杜丽娘此刻浑然由高门闺阁内卷帘之后缓缓行出，看春光蔓延竟觉心惊。"锦屏人忒看得这韶光贱"依旧是那样熟软地唱，无限温柔，愁绪却渐次明晰，各样锦绣不过终了一个锦灰堆，怎么不是韶光贱？雷玲便是那"锦屏人"，在杜丽娘的锦绣里寻觅归梦。

至情人

真正开始惊心要至《寻梦》。只见她声容凉楚，唯尽其妙。虽轻吟浅唱，却形容、眼神，香肩一转，兰指一揉，都是悱恻凄迷。杜丽娘的眉眼里春愁汗漫，唱道："这般花花草草由人恋，生生死死随人愿，便酸酸楚楚无人怨。待打并香魂一片，阴雨梅天，守的个梅根相见。"我竟在底下呆了，泪也不能自抑竟至漫溢，如自己发了一梦。

自《冥判》始，杜丽娘换了模样，由那个情思满怀的人成了一个游魂，一袭白色长帔，水袖亦白，而衬得眉眼益发幽艳。若说前情里杜丽娘眼角含春，这忽儿竟更风流起来，果然一副娇怯怯魂灵无依之状，连冥王见了亦怜，许她"随风游戏"。

幸而中国戏曲为免了追问的纠葛，最后总爱大团圆了事，柳梦梅"拾画""叫画"，杜丽娘回生与他缔结百年之好。终是《牡丹亭》序言里汤显祖所题"生者可以死，死可以生。生而不可与死，死而不可复生者，皆非情之至也。"

则见风月，一世消磨。苏轼叹"十年生死两茫茫"时，是否也作此念呢？

良　人

《牡丹亭》也只是汤显祖的风月一梦而已，风月之外，他的那个良人亦"死而不可复生"。

良人姓吴，小字玉瑛，是同苏轼的王弗、沈三白的芸娘一样可爱的女子。或者说，玉瑛更多得几分率性，而王弗更兼卓然见识。

沈三白十三岁时，对母亲说："非淑姐不娶。"而汤显祖，十四岁与玉瑛配了婚约，便有"贵豪家"强求提亲，他也一一婉拒。苏轼初见王弗，在一架画屏前，她低眼伴行，笑整香云缕，心中虽也深有意，人前却"敛尽春山羞不语"。都是命定的良配。

芸娘是娇憨的小女子，善女红，棹了小舟去荷花深处窨茶，神诞日扮了男子模样同三白游园，饭馐蒸沉香隔火徐徐烘之，烹庖皆有意外之味……她以诸多妙思经营着俗世生活。

玉瑛有男子襟怀才识，潇洒又放达。汤显祖有好友饶仑，二人晓夜诵书，往往交书而尽便同榻而眠，如此三年有余。若这日汤显祖穿着新衣服鞋袜出门，玉瑛便会打趣：

至　情　人

"当以敝衣决履见还。"显祖不甚理解其意。第二天一早，饶仑常常先起，穿着汤显祖的新衣新鞋走了，他就穿着饶仑的旧衣旧鞋回家。玉瑛见果如其然，于是大笑。玉瑛又时常会偷偷放些钱在夫君的书箧中，她知道必会被饶仑拿去周济窘困媪孺，却每次"亦复大笑"，还赞饶仑好施，"必大贵"。真真是一个体贴大方的妙人。

王弗则是贤妇，未嫁事父母，既嫁奉公婆，端庄良德一方闻名。她又聪慧，分明才华过人，却不事张扬。苏轼读书或有所忘，她都能提点一二。偶尔考究其他学问，也往往对答如流。得此才女，夫复何求？她深知苏轼的纯良而率性，总从旁提醒。苏轼任凤翔签判时，她说："子去亲远，不可以不慎。"她善识人，常叮嘱："某人也，言辄持两端，惟子意之所向，子何用与是人言。"意思是，某人说话的时候往往模棱两可，只是顺着你的心思，你何必跟这种人多说呢。"苏轼为官之后，遇有人刻意亲厚，她则说，这样的人恐怕做不得长久的朋友，"其与人锐，其去人必速"。事后也果然应验。

同杜丽娘与柳梦梅的风月之梦不一样，苏轼与王弗是齐眉之乐，汤显祖吴玉瑛、沈复陈芸则是粥饭人生。老话说"恩爱夫妻不到头"，沈三白芸娘、汤显祖玉瑛、苏轼王弗都没能脱得了这个窠臼。芸娘患血症四十一岁就殁了；玉瑛患幽忧之疾，仅在人世间活了三十三载；王弗更在二十七岁就香消玉殒。如此良人，都一灵缥缈，独自先去了。

芸娘去后，沈三白作《浮生六记》以遣离殇。苏轼"十年生死两茫茫，不思量，自难忘"，年年肠断。汤显祖以毕生心血作"临安四梦"，一次次在梦里"或泣或歌"："死生一情，伤此良人！"良人虽去，他们都用文字留下并定格了她们的生命。

想起与汤显祖同时期的莎士比亚十四行诗第十八首（曹明伦译）了，末尾两句是：

只要有人类生存，或人有眼睛，
我的诗就会流传并赋予你生命。

都是天下至情人。

壬寅九月

春荠秋菘冬芦菔

初春早韭，秋末晚菘。早春的韭菜嫩得好，晚秋的白菜甜得好。菘就是白菜。

韭菜有味，有人好这一口，说"香"。韭菜烙饼、韭菜煎蛋、韭菜炒木耳、韭菜盒子、韭菜饺子、烤韭菜……吃下去"韭味袭人"。

要我说，韭菜就只一个嫩。一畦新绿盈目，春风一起便荡一下，漾出绿漪来。一柄镰刀划拉着就割一把，嫩得嘞，再豁口的刀也不在话下。韭菜用得少时就直接伸手掐或揪，手上的爽利堪比老牛吃嫩草。新韭实在比嫩草嫩多了；但我还是不好这一口。

早春比嫩草嫩的菜还有荠菜秧子，一定得是秧子，可以用来做馄饨、饺子、煎饼，还可以拿两个鸡蛋或一块嫩豆腐做羹。到了三月三，荠菜就只能煮鸡蛋了。三月的荠菜模样倒好，细长窈窕的，却已经由小丫头片子、小媳妇儿变成了老婆婆，细身板硬邦邦，抻着老胳膊老腿。

韭菜荠菜都得早，白菜须晚，秋末经了霜气的白菜才鲜甜。我老家管大白菜、油白菜、上海青、小青菜，都叫白菜。儿时亦不识菜，总疑惑这么些模样滋味各异的菜为何都同名。吃得多了终究能区分了，仍旧不知怎样的时令季节该吃哪种白菜，唯独大白菜我是知道的。

晚秋时分，胖大敦厚地立着，一棵白菜就占据一个土坑，任风霜如何亦不改其志。大约就是这敦厚秉性，方使白菜们能迎风傲霜，《本草纲目》赞："有松之操，故曰菘。"这"菘"的造字实在妥帖，算"草本之松"。待深秋后，一重烈风一重霜，连树上的老叶也经不起霜气，凋萎了。连种它的土坷垃也冻得一副霜色，它们倒是益发饱满敦实。那地里的大白菜还棵棵都绑一根草绳，如甲胄兵士，阵列在前。据说如此一来，白菜经霜后会更紧致，滋味也更好。未经霜的白菜寡淡，一股生味，霜期过后就品咂出甜味了，清炒、炖粉条、烩牛肉、包饺子、涮火锅都好，甜津津地有回味。

　　旧日子里，萝卜、白菜、土豆种种都是人们必需的冬储菜，因为耐储藏，便宜又好吃。这几日将下大雪，母亲电话里一再叮嘱提前备些白菜萝卜。我虽不以为然，仍旧买了一颗白菜，两个大白萝卜。白菜一片片剥来吃，萝卜切片或块清炒炖汤，等等。吃着白菜萝卜看落雪，似乎别有滋味。看似都寡，淡味里出至味。

　　萝卜我吃过四种。红皮圆溜溜的水萝卜，甜脆，可生吃。青皮红心的是心里美萝卜，切丝凉拌最爽口。青萝卜看似肃然，煮汤后便软糯了。白萝卜水头足，清甜，怎么都好吃。萝卜排骨汤、萝卜炖羊肉、清水煮萝卜、萝卜炖牛腩、素炒萝卜丝、萝卜丝煮鱼……萝卜得算家常良友，可孤行，可伴荤。孤行时淡而不寡，伴荤时又独立又包容，将自己释出与荤食绾合无隙，亦秉持本味，滋味圆腴。萝卜大约如人间智者，不显山不露水，随俗又不俗。

　　祖父尚有一样萝卜的做法，萝卜丝煎蛋。取白萝卜切丝，鸡蛋打散搁盐少许，锅里多些油，萝卜丝撒盐炒至半熟，便倒入蛋液，煎至金黄即可。祖父的萝卜丝煎蛋有纯熟的焦香，又软嫩，下饭和"吃白口"都好。老家管光吃菜不吃饭叫吃白口，能吃白口的菜都得是咸香适中的美味，能让胃肠与心肺都充盈了满足感。老家还有一种米浆与萝卜丝一起炸的油粑子，隔一条街都香得呢，要不吃着，非得绊一跤不可。

萝卜在古人那儿也有一个文雅的名字——芦菔，老苏被贬时最常吃它。世人都知道苏轼好吃，犹以肉食为主，得算肉食主义者。殊不知他写《老饕赋》《食猪肉诗》，也作《菜羹赋》《东坡羹颂》《狄韶州煮蔓菁芦菔羹》。此东坡羹便是蔬菜羹，配菜为蔓菁、芦菔、菘、荠，再将大米碾成细糁状，一起熬煮，有自然之甘。后三样不用说了，蔓菁被我们称为大头菜。也就是萝卜、白菜、大头菜和荠菜洗干净切碎了一起煮。哎呀，头一次觉得民间叫法比雅称好啊，蔓菁芦菔菘，简直佶屈聱牙嘛，舌头都捋不直似的。

老苏的菜羹自然须讲究些，不是我这等猪湉一般的做法。彼时，老苏卜居南山下，穷得没肉吃，只得摘一些大头菜、萝卜、白菜、荠菜来吃。他将菜蔬洗净，再揉搓去除苦味备用，又将米碾碎、生姜切碎，都候着。煮羹也须讲究，先蘸少许生油涂抹锅底，再倒水，稍沸便将菜置入。又将碎米和姜倒入，取一陶钵盖上。陶钵内壁也须抹上生油，却不能让油直接滴入菜中，否则就有了生油气，羹熟了也无法去除。就这样慢慢煨来，米粒与菜蔬都烂熟，汤水收至羹状，就得了。老苏只说"此法不用酰酱"，也就是不搁醋和酱，大约尚须撒些盐。否则，恐怕确是寡淡的。东坡羹的做法如今还延续着，只是人们不再碾碎米入羹，而是直接拿米汤煮，也不叫东坡羹，叫米汤青菜钵。青菜也不仅限于萝卜、白菜、大头菜，凡蔬菜皆可。湖湘还有一种做法，将细米糁换成芋头泥，青菜则是萝卜缨子，也有自然之甘。

春荠秋菘冬芦菔，都有自然之甘。照老苏菜羹这三样菜蔬一齐煮的做法，时间大约正是早春青黄不接时，幸而冬储了些萝卜、白菜、大头菜，荠菜也终于冒出嫩秧子，就一把拿来煮了。老苏就是这等地好，饕餮也可，清淡也可，把酒便问青天，埋头就做老饕，是去哪儿都行、吃什么都好的好玩人。

傍　林　鲜

李渔食笋法，两言以概之——素宜白水，荤用肥猪。

初看似乎能想出十种以上的食笋菜谱来怼回去，细想想，大致如此啊。或者换种说辞，煮笋之法，一曰孤行，一曰伴荤。

从来至美之物，皆利于孤行。这还是李渔说的。我吃过几种孤行的笋，盐煮笋、手剥笋、清炒笋，实是甘美脆爽。伴荤一法更多，冬笋炒牛肉、春笋焖火腿、小笋炒腊肉、笋干回锅肉、腌笃鲜……一样笋能烹出一席嘉馔。

笋为竹之萌，有冬春之分。它寒冬便在地底下萌发，渐渐土丘隆起，却始终不得破土而出。直至一度春风，拱破地衣，一天不见就能蹿出尺许。可知，虽名唤冬笋春笋，终究是它一个而已。笋又分大小，修竹生大笋，矮篁长小笋，大笋能做玉兰片，小笋能晒小笋干。文人常说笋为雅食，其实，如笋这般一年四季都有的吃的食物，当算世俗之味。

择一暖冬日，扛了锄头，往后山竹林寻冬笋。修竹顾长青黛，地上铺了一层枯叶，寒风一过，飒飒地又落了一些。寻那土层坟起处，绕周边小心挖就是。几锄头下去，就见呈土黄色的笋箨了，再添一锄，它便带着黄泥一齐滚了出来。冬笋算土行孙，矮小精瘦。春笋就俊气多了，竹箨也有了层次。近土层的赭黄，出土后的褐黑，箨尖上顶着几片绿，剥开来笋体绿粉初匀。埋得深些的春笋尚须锄头，将盈尺时，直接搂住了放倒即可。小笋须春上才生，

106

清明后生早笋，迟笋则近暮春了。似乎苦笋还迟些，大约夏初最胜。

冬笋最嫩，又称"筜笋"，古人还有"猫儿头"的叫法，即刚钻出地面长有绒毛的冬笋。苏东坡就曾在长沙煨筜笋，又得友人惠赠汤饼。煨笋吃汤饼时，一只猫突兀钻入，追得一只鼠穿篱而去了。老苏的筜笋是如何煨的，已经不得而知。"猫头突兀鼠穿篱"的食笋"佐味"却有些凄惶，大约是南迁惠州路上，不如早前在洛阳与黄庭坚吃笋作诗来得自在。他们在洛阳吃的是斑竹笋，金贵而美味，一束竟能值千金，二人称之为"竹债"。用以衬这一顿笋宴的菜肴还有甘菹、菌耳、姜芥、鹅掌和老鳖，可不是"竹债"？

笋还是该作日常食。

林洪《山家清供》中有一样独特的食笋法："夏初，竹笋盛时，扫叶就竹边煨熟，其味甚鲜，名曰'傍林鲜'。"这样看来，林洪做傍林鲜的笋该是小笋。到了夏初，大笋都早已经成了"笋阿姨""笋伯伯"了，哪里还值得一烹？傍林鲜倒值得一试。

我老家管摘小笋叫扯笋，很是形象。春上雨后初晴，往矮竹丛中一钻，那小笋如披了甲胄的小兵，早立在那里等你检阅了。伸手扯便是，一扯一声"哔卟""哔卟哔卟……"就扯了小半袋。扫叶煨笋大约也不难，只需竹叶或其他枯枝叶干燥些，一点就着。但千万莫在山中生火，一阵风来烧了眉毛事小，把一座山点着了可了不得。煨鲜笋大概也跟煨土豆红薯似的，只借了火焦气都能香半里，剥开焦壳后，那笼在火灰里煨出来的鲜香更令人惊艳了。

炒小笋和春笋一般都先用水焯过，以去除草酸，如若不焯水，笋里便有一股"哈"味。"哈"也是我老家的说法，譬如不焯水的春笋，譬如放久了的干果，都有"哈"味。也就是北方人说的哈喇味，到我们这把"喇"给简化了。冬笋却可不焯水，甚至连水都不必沾，仿佛遇水后，连鲜味都随水遁了。

冬笋挖出来尚能收十天半月，春笋是连隔夜也不能，它是由根茎上扯下来犹能蹿出一寸长来。这便老了，"哈"味更重。是为嫩笋不等人。

我小时候爱吃小笋，早上扯了，中午就炒来吃，也可算傍林鲜。祖父最爱炒两样笋菜，小笋炒腊肉和小笋煎蛋。小笋剥了后，扔进沸水里焯过。捞出后拿刀面拍扁，再拦腰切成小段，就可炒腊肉了。腊肉须是乡里杀了年猪自制的，腌了盐挂在柴火灶上熏个小半年，连肉色都已经覆盖了。要吃时，拿刀割下一块来，用淘米水洗干净，隔水蒸半个小时，切成薄片备用。其他配料则只需小红尖椒和新鲜蒜，尖椒切碎切丝均可，蒜白蒜叶都切段。小笋炒腊肉最好用茶籽油，倒入锅里便有一股浓炽油香。油炼了就放入腊肉，略炒一下捞出，肥的部分几乎呈透明状。再将尖椒蒜白置入，煸出香味时就放小笋。放少许盐，炒匀入味加入腊肉继续翻炒，而后加高汤或水，稍沸时将青蒜叶撒入，淋上一点酱油，即可出锅。最好是将酱油替换成老家特有的豆油。此豆油非大豆食用油，而是黄豆蒸过后发酵酿制，形制大约介于豆瓣与酱油之间。炒菜时，拿筷子挑一些搁入就鲜香异常。如此炒出来的小笋腊肉，椒红蒜青白，笋白肉金红，有腊肉的甘腴，小笋的鲜嫩，又辣得爽利。就着这一盘菜，我能吃三碗饭。这算李渔的伴荤之法。

祖父的小笋煎蛋又是另一番滋味，只是不知算伴荤还是孤行。笋煎蛋是一样快手菜，笋焯过拍扁切碎，鸡蛋搁盐少许打成蛋液。笋末炒后也撒些盐，然后倒入蛋液，煎至金黄即可。小笋煎蛋全无须旁的作料，又香又脆，颜色也勾人。

笋菜里最有名的该是腌笃鲜。此菜我在南浔吃过，大约春笋和鲜、咸肉一齐文火慢慢炖来。一盘上桌，汤白汁浓，肉质酥肥，春笋脆嫩，口味咸鲜。"笃"为江浙话，大约是小火慢炖，本就有笃定的鲜香。

在绍兴吃的手剥笋也得鲜味。那笋比拇指略大些，一小截一小截在小碟里排开。拈一截，缓缓将笋箨剥开，一截上一片或两片笋箨而已。笋极爽嫩，一点咸味之余又甘鲜，应该就只用盐水煮过而已。实在如此至味才能"一味孤行"啊。

初夏后再无鲜笋，就有了酸笋、脆笋、笋干各种制法。似乎酸笋、脆笋一般以苦笋制，取其肉厚。苦笋不能鲜吃，苦不堪言。

祖父还会做一样盐笋干。将笋以盐水煮过，用火焙干或大太阳底下晒干，干至笋泛出盐花来就成了。不知是否盐将笋里的草酸激出来了，盐笋嚼起来有碱味。盐笋用来炖汤、炒五花肉都好吃，不伴荤加剁辣椒炒也好吃，佐白粥最相宜。

《红楼梦》里只一样鸡髓笋，想来也是磨牙的精致。《金瓶梅》里倒有几种笋菜，如酸笋鱼汤、春不老炒冬笋，还有一样"红馥馥的糖笋"。春不老就是雪里蕻，我老家也用类似雪里蕻的盐干菜炒冬笋。糖笋没吃过，不可想。

南北朝时，南齐将领刘灵哲生母患病，灵哲躬自祈祷，梦见黄衣老翁说："可取南山竹笋食之，疾立可愈。"并不曾在哪本典籍里见过笋可医病，想来是患的饿病。笋终究是俗世食。不过，常食笋，肚里会"慌"，还是伴荤为好。

猪 肉 颂

那夜吃了一顿好肉。

以至于第二日晨起，看半山烟岚听檐下雨乱时犹念起。面对眼前清旷，竟有了一丝罪恶感。我端起茶杯，喝一口新泡的松萝茶，将那一丝歉疚一同咽了下去，才好意思与青山对坐。

吃肉的地方在庐山南麓的康王谷，谷中有陆羽认定的"天下第一泉"——谷帘泉。住谷中几日，晴天听泉，雨来听雨，早起听鸡鸣鸟叫，亭午听蝉，夜分听蛩，也看山、看瀑、看云、看雾，看鸟雀一掠，看风过水面，看檐下廉纤成线、枝摇叶扬。端的是山中月头长，给个神仙也不换了。直至那夜一顿肉，真能将神仙也拽下凡间来，更遑论我这样一介俗人。

肉是五花肉，配菜只有十数粒囫囵的大蒜子，至多也无非酱油腌渍，油爆熟焖。竟能这样好吃啊！我素来不好吃肉，偶尔从辣椒炒肉里挑几片精瘦的，略带一丝肥肉也得剔去才行。祖父、二姑、女儿也都不能吃，大约有家族遗传性肥肉"过敏"症，吃得一丁点儿胃里便难受一整天，可谓"不胜肥肉"。偏生那夜，我将那大块的红烧五花肉生生吞了十多块。

吃第一口时，我做了半天心理建设，见一桌人吃得欢实，怕再不尝一块便没了。又经不起一再怂恿，撷了一块小的搁进嘴里，也没嚼，在口腔里打个滚就吞了。齿颊间却颇有些回味，嗯，是鲜香的甜味，有些浓油赤酱的感觉，又并非那些糖、酱佐料的余味。肥肉吃下肚，胃里也并未生出烦腻来，似乎还可再吃。

再伸箸，筷子一点就戳了一块，软乎乎、嫩生生、油亮亮，皮红瘦赤肥黄白，一层层清晰可见。吃起来，皮与肥肉似乎就没了分界，融软的膏脂，入口即化。皮肉里又洇了一些子蒜味和料酒，将脂腻感全都融化了。瘦的部分则甘香酥醇，不柴亦不烂，丝丝缕缕都冒出鲜味。最好是将肉整块埋进米饭里，大口吃饭吃肉，真当得起"黯然销魂"四字。

端的是一顿好肉。我大略懂了世人好猪肉的因由了，世间能得几样销魂事？

由庐山回家便捣鼓起了红烧肉，照哪一样来烧呢？汪曾祺先生曾说，红烧肉就是"东坡肉"。我在苏州、杭州、眉州都分别吃过"东坡肉"，苏州鲜甜，杭州软糯，于我最适口的在眉州，川味，辣椒、花椒、八角、桂皮、茴香皆有，又没盖过猪肉原本的甘甜。手头并无八角、桂皮，便依了庐山红烧肉的做法，再借了眉州"东坡肉"的辣椒与花椒，将老苏心中庐山这位"故人"与他的家乡中和一下吧。

超市里现买的五花肉切块，剥十多粒蒜瓣，干辣椒切段，花椒备用。老苏《猪肉颂》里说，煮肉首先得"净洗铛"，这一步自然少不得。洗净锅，将五花肉焯水撇浮沫滤干，小火不放油，将五花肉煸至油分逼出四面略泛焦黄，倒入老抽生抽上色，将蒜瓣、干辣椒、花椒扔进去一同稍加翻炒，再加花雕煨煮入味。我不爱糖，花雕的糖分就够了。此时便可转小火，加清水略放盐来焖了，"待他自熟莫催他"。

这道红烧东坡肉卖相味道都到了，唯不够"销魂"。细细咀嚼，才知是肉质问题，超市里的肉没嚼头、没甜味。改天特去寻了土猪肉来，果真鲜香、麻辣、软糯、甘酥皆备了，莫道不销魂。我只是不能如老苏一般一气吃两碗，据说纪晓岚红烧肉吃得更多，一次十碗。

猪肉自然不止红烧一法。袁枚《随园食单》就有红煨肉、白煨肉、油灼肉、脱沙肉、晒干肉、粉蒸肉、熏煨肉、芙蓉肉、荔枝肉、八宝肉、炒肉丝、炒肉片、锅烧肉、暴腌肉、家乡肉、干锅蒸肉、火腿煨肉、笋煨火肉……四十余种。实在是肉食主义者的福气。

我似乎仍旧不大爱吃肉，除却这道红烧肉，还时常会念着的只有母亲做的米粉。母亲的米粉肉有两样做法，第一样便是《随园食单》里的粉蒸肉。她做粉蒸肉不用市面上现买的蒸肉粉，而是将粳米与八角桂皮炒香，用搅拌机将米和一瓣八角打碎，将腌制好的五花肉与米粉拌匀上屉蒸便好。如此做法比五香粉更有鲜活气。第二样米粉肉是熏的，母亲熏的米粉肉简直是冬月里的慰藉，每每还特意为我多熏些瘦肉。还是上述的米粉和腌制的肉，以干秕谷来熏，秕谷里还得撒些米，不能见明火，以"罨烟"缓缓熏一夜。

"罨烟"也是苏轼《猪肉颂》里的做法，紧火粥，慢火肉，罨烟煮，缓缓焖，待自熟，莫催他。

煮 鱼 法

子瞻在黄州，好自煮鱼。

子瞻煮鱼有法：

> 以鲜鲫鱼或鲤治斫冷水下入盐如常法，以菘菜心芼之，仍入浑葱白数茎，不得搅。半熟，入生姜萝卜汁及酒各少许，三物相等，调匀乃下。临熟，入橘皮线，乃食之。其珍食者自知，不尽谈也。

由此一看，老苏这煮鱼法讲究的就是一个"鲜"字。鱼须鲜活，得是鲫鱼或鲤鱼才行，大约取其肉质细嫩，汤色肥白。水须冷水，冷水贵活，活水活鱼汤更鲜。菘菜心与葱白亦得一个"鲜"与"嫩"，菘菜心就是白菜心，不但鲜嫩了，还清甜。原材料便是这些了。

就劐鱼破肚，刮鳞抠腮，斫块下锅。若是鲤鱼，最好抽了筋。"鲤鱼不抽筋，又发又膻腥。"这还是祖父的话。我小时候把"膻腥"听成了"伤心"，一直疑惑着，不抽筋为什么还伤心呢？我以为鲤鱼筋大约跟洋葱似的，让人

"黯然销魂"。抽筋的法子我倒知道。在鲤鱼两侧腮下和尾鳍前各割一刀,皮下鱼肉间有一个白点,就是鲤鱼筋了。以指腹在靠近白点的地方轻拍几下,那白点便吐出来一线,指甲掐了白线缓缓抽出便是。

老苏将鱼整治好,就着冷水下锅,顺带把盐也放了,又将白菜心杂在其间,再丢几段葱白。煮鱼先搁盐这点,按我祖父的话讲,也是有疑义的。祖父讲,治鲜味应迟放盐。譬如,鱼虾蟹以及各种蔬菜,盐搁得早了,咸鲜味是多了,而食材原本的鲜味则减损了几分。祖父讲这话时,已经历了人世诸般跌宕,也比黄州时的老苏老迈许多。世事与年岁掺和熬煮了八旬有余后,他知道,淡味即至味。

祖父也以冷水煮鱼,就只放姜葱蒜和一些红椒,出锅前撒盐,再略淋一些茶油。鱼汤又鲜又白,可以泡三碗饭。

还是继续看老苏煮鱼。活火烹,不得搅,待鱼半熟后,将生姜汁、萝卜汁、黄酒各三等分,倒入小碗中,搅拌均匀,倒入锅中。将起锅时,再把事先切好的橘皮丝撒进去,用以去腥。这就可以停火出锅,一享口腹之福了。

老苏家的鲤鱼煮还有一样做法,细切丝,制成鱼脍生吃。做鱼脍的是苏夫人王弗,这做法倒是杜甫他们家的,称作"银丝脍"。老苏他们家也有一道"玉糁羹"与之齐名,谓之"杜老银丝脍，坡翁玉糁羹"。"玉糁羹"其实就是芋头羹，是苏过的拿手汤羹。

朱彝尊《食宪鸿秘》里有一道鲫鱼羹，看着似乎不错，就是麻烦了些。得先将鲫鱼焯熟，再去骨，一点点撕碎鱼肉。然后将香菇、鲜笋切丝，与鱼肉同煮，为去腥，还得加些花椒、料酒之类。哎呀，真是又软烂又重口。我实在有理由相信，朱彝尊撰这本《食宪鸿秘》时必定年岁已高，又长年做着富贵闲人，才能想出这"磨牙"的做法。老苏这会儿在黄州，正幅巾芒屩，与田父野叟相从于溪谷之间，可无心"磨牙"。

我在六岁之前不吃鱼，大约不只我，小孩都不好吃鱼。腥膻多刺，哪个小孩没被鱼刺卡过？五岁时，去太原住了大半年，回乡后居然吃了起来。太原人不吃鱼，这事让祖父耿耿于怀数年。据祖父说，菜市场也不见卖鱼的摊贩，他只好买些干柴鱼、带鱼回来做。祖父烧这两样鱼颇有心得，大约也是那时候练出来的。

回家后的第一顿饭就有黄焖鱼块，青椒、红椒、姜丝衬出鱼的焦香，我竟在没有大人挑鱼刺的前提下，吃了好几块。我家"主厨"多数是祖父担纲，但我与祖父的这顿"接风宴"倒是母亲做的。母亲要强，一直不甘于家中琐碎，也就并不擅长做饭。黄焖鱼块是她唯一会的煮鱼法，无非草鱼斫块，抹上酱油和盐略煎一煎，青红椒、姜丝炒过后同鱼块一起焖一小会儿就得了。黄焖鱼块好在鲜辣，新鲜的鱼肉在焦香之余能哑摸出鲜甜味，大半年不曾沾的辣椒更助了鱼味，能在浩荡的爽利间抽出丝丝缕缕的满足。

孩子们还是不爱吃鱼，因为有刺。张爱玲也不爱多刺的鱼，就有了"三恨"之说，其中一恨是"鲥鱼多刺"。

多刺的鲥鱼我没吃过，也不知究竟鲜美至何？湘江中有黄尾鱼、翘嘴鱼，也最是多刺，偏极鲜美。

老苏吃过鲥鱼，说"风味胜鲈鱼"。老苏煮鲥鱼又有一法，"芽姜紫醋炙鲥鱼"。初读此句，更不得法。这样的鲜食，以"炙"法烹制岂不是暴殄天物？细想来，此一"炙"大约可理解为烹炙、烹煮。想来鲥鱼当宜清蒸，仔姜紫醋也只作为最简约的佐料。因为，从来至美之物，皆利于孤行。这是李渔的话。不过，李渔主张鲥鱼应该鲜切做鱼脍来吃，因其肥美。他认为适宜切鱼脍的还有鳊鱼、白鱼、鲢鱼。而鲟鱼、季鱼、鲫鱼、鲤鱼等以鲜见长的，则宜清煮做汤。这话似乎有毛病。以鲜见长的鲤鱼、鲫鱼等做汤是不错，但古人吃鱼脍多讲究选用肥美而少刺的鱼，譬如松江之鲈。李渔又似乎不大喜欢吃鱼，他说"脍不如肉，肉不如蔬"，因为蔬菜最天然。这话似乎又有毛病。

鲫鱼多刺，幸好有鲈鱼。秋风起时，鲈鱼就肥了，可起莼鲈之思，据说鲈鱼最好是松江之鲈。松江的鲈鱼"长三尺余，生鲜可爱"，"四腮……肉白如雪，烹之不腥"。

老苏在惠州吃的鲈鱼肯定不是松江之鲈。那天，他拎了白酒和鲈鱼，去了惠州知州詹使君府上。使君以枇杷、槐叶冷淘招待老苏，又将他带的鲈鱼治了鱼脍放置在冰盘之上，酒就是老苏带的白酒，名为桑落。枇杷且不说，是老苏爱的，槐叶冷淘则是一种以槐树叶捣汁和面做的冷面，再就是鲈鱼脍了。吃食仅几样，酒也只一壶桑落酒，老苏并未写如何吃得酣畅，只道一句"醉饱高眠真事业"，可知乐在其中。

在吃上面，老苏实在是一个"可塑性"非常强的人。他做得了老饕，"食不厌精脍不厌细"，也能择了东坡菜蔬挖了山笋芋头聊以充饥。从可塑性来看，鱼似乎也有相似性。煎、炒、烹、炸、溜、蒸、煮、烤、烧，整条、斫块、切丝、片刀，生的、熟的，哪样都行。为便于藏储，还有鲊鱼、醋鱼、鱼干……能登帝王将相庖厨，也可入贫汉乞儿腹肚。

治各种鱼倒是可以参考一下朱彝尊的去鱼腥法。煮鱼的时候，撒少许木香能去腥。洗鱼的时候，滴两滴生油，能去鱼的黏液。洗鱼更好的还有香橼、橙子、橘子、菊花和菊叶。

分 此 美

应友人邀，在海南一个名为英州的小镇住了一阵，每日除早晚海边走走，其余就窝在住处读书、写字、喝茶、追剧，以及调弄各种吃食。

"吃"得算此行主题之一。抵琼第一日，将屋子略加拾掇，便开了友人留给我的一辆车去找菜市场。小镇安静，只一个市场，菜蔬有限，除却新进货那日，我在其他几天都是蔫头耷脑的。幸而此地不缺各色海鲜，几个档口里龙虾、鲍鱼、石斑、海蟹、鱼虾、螺蚌种种在水里叽里咕噜地冒着泡。难怪粤人在海鲜前得加"生猛"二字，这样新鲜沸腾的海里生物，如何不生猛？

我拣了一只最生猛的龙虾，摊主替我将它由水中提出来时，还朝我舞枪弄棒。又选红花蟹兰花蟹各一只，花螺一斤，龙虾请摊主帮忙开边处理毕，再买了一小兜蔫不拉几的白菜以及一点姜、蒜，一起拎了去找酒。有了上好吃食，不喝点酒怎么偿得了这样的清静自在。逛了一圈偏找不见黄酒，又不好红的白的，就随手拿了两罐啤酒。回到住的小区，见楼下有鸡蛋花和一种红似石榴花的小花，都开得灿烂，便各偷一枝，上楼趸摸出花瓶插了。

海鲜是世界上最易烹的美食。龙虾在盘子里摆开，铺上蒜蓉上屉蒸。蟹干脆连刀砧都无须动，拍了生姜搁进盘就成，也清蒸。不过，两样吃食上屉时间得有先后，水沸后先蒸蟹，三四分钟后再加一层屉子蒸龙虾，如此再蒸七八分钟就都可以起锅了。龙虾淋些薄盐生抽，蟹则无须任何调料。花螺也容易拾掇，锅里煮些水，水沸后将螺与姜片一起置入，焯至螺肉吐出就可捞出了，花螺须佐以芥末与生抽来吃。

我这夜的虾蟹螺滋味各异。龙虾肉最是满口，端半只直接用手抠了白如玉质的肉来搁嘴里，嚼起来既劲道又甜丝丝，一股子富足感能由口腔到肠胃转一圈再蹿至七窍。蟹又是另一番味道，剥开蟹壳掰了蟹脚，一点点剔出肉来抿进口中。鲜嫩到入口即化，鲜味丝丝缕缕又婉转，实在想悠缓地叹一声呀！就喝一口酒，倒皱了眉头，啤酒实在不合这样仙一般的滋味啊。再挑一嘴花螺肉来换换口，花螺鲜甜又脆嫩，蘸芥末吃又爽利又忧伤。

佐味酱料里，芥末得算中性。抑郁时吃愈发敏感忧郁，如同忧郁易怒的父亲必然养出叛逆暴躁的儿子或忧郁敏感的女儿。此时无非借此来流一次泪罢了，吃着呛着或许也渐渐好了。心中轻快也该吃些芥末，爽利之余浑身通泰。

几样鲜食吃了大半夜，终究没吃完，龙虾还剩半个，花螺约莫半斤。花螺尚可当零食，再追几集电视剧也就吃没了。便将龙虾肉剔出，淘了半杯米熬龙虾粥。就算熬得了也吃不下了，闻闻逸散在空气里的甜香也好，连梦都一枕黑甜。

在海滨小镇吃海鲜的滋味，自然同我们内陆城市全然不同。海鲜几经辗转抵达内陆，又在饭店置了气泵的淡水里咕噜咕噜混几天。上了餐桌后，肉质早几乎呈半死状态，要么柴了，要么散了，即便不至于味同嚼蜡，也得嚼半天才寻出滋味来。生猛已不复存在。

欲更生猛，得去渔村或渔港。友人说十余公里外有新村港，是海南疍家人聚居处。我便驱车去了，一探疍家人生活，更为口腹之谋。

那日响晴，天蓝得很懒，云也懒，一直浮在半天。车行道中，两侧椰子树几乎等高，抻开好看的叶扇，在天的背景下映着，油绿油绿的。路上行人、车都少，又有这样的好天好树，好得直想唱歌。

歌未唱几首，新村港便到了。疍家人的鱼排就在港湾里，鳞次栉比连亘数公里。疍家人被喻为海上的"吉卜赛人"，吃住劳作均在渔船上。渔期出海，禁渔织网养鱼虾蚌类，浮槎来去，于他们而言，海湾滩涂皆为沃野，便是吃住水上搭铁皮房，也恣肆地快乐。我租了江西老表游师傅的柴油小船，穿行在疍家鱼排之间，颇能见些疍家人的自在。晒得黝黑的小哥驾了船唱歌而去，晾衣服的大姐悠缓地掸开裈子往尼龙绳上摊开，小娃娃就在夹板上拿小网子捞鱼虾玩儿。看我艳羡，游师傅在浅水处停了船，让我也拿了小兜网捞海胆。我执了长柄的小网贴了底一路刮过去，三五下就收获九个海星、两枚海胆。

上岸后，我又往集市逛了一遭，买蓝花蟹两只，鲍鱼四枚，释迦三个，红毛丹一把，蔬菜若干。又吃了陵水特有的酸粉，味道酸爽，大约勾了芡的缘故，糊糊涂涂一碗。

回住处熬了粥，海胆处理后只余了一小味碟可用，待粥熟搁入可做海胆粥。海胆鲜美，若得多几枚就更好，能留几枚生吃。剔去黑色肠胃及黏液后，剩了海胆黄拿勺舀着吃，最是清凉爽滑，能敌暑热。海胆黄跟蟹黄形似，无蟹黄腴美，而比之甘爽。鲍鱼则甘而多腴，四只足了，多吃生腻。

又隔一日，同海口的编辑朋友提起欲往儋州，他问可是有什么朋友，我回只有苏轼这位老朋友了。朋友陪我儋州半日游，访东坡书院。载酒堂两侧有碑刻，一路看去，最后一碑是《献蚝帖》。我笑，可借了老苏此帖最后一句来，吃海南海鲜可名曰："分此美。"

此帖未全，字有缺损，多处漫漶不可辨。时值己卯冬至前二日，有当地人送了生蚝来。老苏与苏过将生蚝一一剖了，得了数升蚝肉。肉与浆汁、酒一起煮，鲜美异常，以至于老苏说："未始有也。"还有大一些的生蚝，就用如今炭烧的方式炙烤，大约又是一番恣意啖呷。帖中还提及其他海国鲜食，蟹、螺种种。末了一句最是让人捧腹："每戒过子慎勿说，恐北方君子闻之，争欲为东坡所为，求谪海南，分我此美也。" 幸而好吃的老苏，在海南也能得了此美。

在儋州时，老苏的人与字的修为都已不啻为仙家仙品，由此帖便可知。神完气足又弛缓自如。

是日，在一位曾流连海南数年的老作家指引下，寻到了岛上特有的山兰酒，类同黄酒，最宜"分此美"，不免又买了数种来烹食。这夜微醺，浓睡憨熟。次日懒动，读书歇息。

仇 芋 者

夜读《山家清供》，有"酥黄独"一则，写"雪夜，芋正熟，有仇芋曰：'从简，载酒来扣门，就供之。'"真是深得我心。

"酥黄独"就是这位"仇芋者"贡献的一样芋头菜，将榧子、杏仁研碎和成酱，熟芋头切片，拖面煎至金黄。大约与今做土豆饼、南瓜饼相类，只不用捣成泥状，又将面包糠换作榧子杏仁碎，必定更为香酥可口。不过，我不好这一口，芋头就该有芋头的样子，这样精细的做法简直失了它的本味。

若雪夜有酒，那么，做芋头就只得两法，带皮蒸熟或煨熟，剥了皮囫囵个来吃，就酒特别好。

囫囵吃芋头最讲究挑选，得拣个头大小差不多且圆头圆脑的芋头，长条状的总有一小截就算熟了也味同嚼蜡。挑好后拿清水略浇过，隔水蒸便是。煨芋头又有两法，一则先蒸后煨，一则直接扔柴火灰里煨，比先蒸过的香。此法有雅称曰"土芝丹"，还是《山家清供》里的叫法。圆头圆脑的芋头原本活似一个个毛脸小猴头，煨熟后，毛脑袋可不就成了黑乎乎的"出炉丹药"？

我也不喜欢林洪"土芝丹"的做法，拿湿纸裹了，用酒和糟涂在外面，以糠皮火来煨。湿纸裹简直比脱裤子放屁更多此一举，而酒与糟香则香矣，怕会夺了芋头原香。不好得紧，不如唐朝的懒残和尚用牛粪火煨芋头。

此一法并非懒残和尚独享，苏东坡也曾以牛粪煨芋头来充饥。一年除夕，东坡夜访张子野，松间寒风滋溜溜灌进衣袍，催得胃肠更是闹了饥荒，在腹中敲起了鼙鼓。子野致仕后的居处就在眼前，尚未进门已经闻到一股混着牛粪味的焦香。子野正在牛粪火中烧芋子，见东坡到了，从火中扒拉出几个，拍拍火灰便递给东坡。东坡也不介意，席地一坐就剥芋头吃，又自嘲"山人更吃懒残残"。这不但借了懒残和尚煨芋法，更做了一回懒残。

懒残是南岳的一个和尚，虽看似性懒而食残，实则早已脱了凡俗，不朝天子、不羡王侯，要去即去、要住即住。只在林下睡兀兀，最是人间自在人。

想来东坡在子野处亦得了自在。张子野即张先，据传，苏东坡那句"一树梨花压海棠"说的就是张先。

牛粪火中烧芋子虽有懒残、老苏与子野的自在，但牛粪似乎总有些与人胃口不和。糠皮火一法倒可取，没了牛粪味，又比柴火香，也更好掌握火候。我母亲就每年从亲戚家寻来糠皮熏腊肉或米粉肉，比柴火的烟熏火燎味浅，又多了些糠香，再往里面撒一把米就更香了。

还是煨芋头。糠皮火明灭间，待隔着灰闻到香味，芋头就熟了。拿火钳在灰堆里扒拉两下，这些"大丹丸"就滚将出来，拍打拍打就可剥而食之。

熟芋头好剥，熟得皮肉分离，揭开一个口子就撕。个大点的得留一小块皮，也好捏着啃。小个的直接整个搁嘴里嚼巴，最是满口。芋头肉滑溜溜，浑白，软糯香甜。煨芋头比蒸芋头的香又稠了几度，且得让人消灭一个又一个呢，不是"仇芋者"又是什么？

蒸芋头剥了皮后可做更多的芋头菜，芋头汤、芋头蒸排骨、芋头蒸鱼头、芋头烧鸭、芋头萝卜菜、拔丝芋头、芋头炒肉、剁椒豆豉蒸芋头……简直不要太多。芋头里有一种大香芋，蒸扣肉、炒香芋丝、做香芋卷都好。我在广东吃过一样芋头糕，也是大香芋做的，伴有冬菇火腿或虾仁，最是鲜咸爽口。

老苏家里还有一样芋头羹的做法，他称之为玉糁羹，大赞"色香味皆奇绝……人间绝无此味也"。苏门玉糁羹是苏轼三儿子苏过所创。由字面的"玉糁"来看，"玉"为芋，"糁"为米。原来就是米汤芋头羹，我老家也有此法。端的是羹汤酽白，浓香四溢。要说"人间绝无此味"，大约更因了苏过的创意与孝心。

芋头总是好东西，还耐收藏，能从秋吃到春。我小时候能顿顿吃芋头，母亲道："这是芋头蠢子。"我那时肤黑貌寝，又笨拙，大约也似芋头。

母亲还擅做一道芋头菜，用晒干的芋头茎秆炒鸭。芋头茎秆在我家乡有一个美称，叫芋荷，大概取其模样与荷叶相近吧。人们秋天收芋头时，一定不忘把芋荷砍下来去掉叶，一把把挂在晒衣杆或墙上略晾干，然后切成小截儿，撒盐揉搓，再入腌菜坛封存。腌好的干芋荷梗可以吃到来年收芋头的时节。新鲜芋荷梗也能直接入菜，炒鸭子是一绝，肉味和芋荷味浑成一体，香也肥腴，味也肥腴，真值得载酒来叩门。一口酒一口芋荷鸭，正是懒残和尚那句"哪得功夫伴俗人"？

不对，懒残和尚只煨芋头不吃肉。罪过罪过，我是俗人，莫怪莫怪。

"花椒暗器"

二姐揀一片牛肉搁进嘴里一嚼，大叫："啊！我中暗器了。"

此"暗器"是我安插在其中的，且至少安插了数十枚。"暗器"毫不起眼，无尖角锋刃乃至无重量，又形小貌拙，最适宜隐在暗处，冷不丁给你一击。

"暗器"名唤"花椒"，这样刚猛的味道而取这么委婉的名字，简直名实不副啊。

再交代一下锅里的牛肉。近来二姐好一口牛肉，我便水煮、红烧、孜然炙，换着方法来烹煮。这日懒，做的水煮。

牛肉切薄片，撒些薄盐，蘸些生抽，滚些芡粉。花椒、干红椒入油烹香，便置入肉略翻炒。再抓一把豆芽菜搁进去，倒入高汤，汤沸后再滴几滴花椒油就成。二姐最爱其辛香麻辣，呼噜噜能吃下两碗饭。只需防"暗器""伤人"。

二姐像是我的女儿，我像是大姐或大哥。

前些日子，带二姐入蜀地访东坡。

"大哥，我发现，在这里'暗器'都成'明器'了！"这是二姐新长的对花椒的见识。

川菜里，花椒实在无处不在，火锅、香锅、炒菜、米线、面条、抄手……竟没找出哪一样菜肴里没有它，可不就是"明器"吗？算是明火执仗了。

与花椒的遭遇战又以火锅为甚。明面上火红的辣油、辣椒在锅里翻滚，拿漏勺在锅底捞一圈，能有小半锅花椒沉着，椒椒相交，好不热闹。有着一挂辣椒肠胃的二姐，在每顿火锅前均一鼓作气，却每每逃不开"再而衰，三而竭"的败迹。前味尚能御敌，中味勉强抵挡，后味溃不成军。终于败下阵后，她坚持说，胃里一点都不辣，就是嘴巴麻得痛。隔一天，到了夜里，二姐又道："吃火锅。"

蜀地吃花椒古已有之。据说，李太白吃过的一味"黄金鸡"便是以花椒为佐料，《山家清供》记载其法曰："将鸡净，用麻油、盐、水煮，入葱、椒。候熟，擘钉，以元汁别供"。

就是将鸡用沸水烫后去毛，劙净，整鸡搁麻油、盐，加水煮，大约将熟时再放入葱和花椒。煮熟后，斩成小块吃。至于鸡汤嘛，留作他用。

此法可记之，哪日馋鸡了，就"照方"烹来。与吃鱼肉一样，久不吃鸡也馋。东坡的《东坡志林》里就说，和尚也馋，就为荤食取美名，酒为"般若汤"，鱼为"水梭花"，鸡唤"钻篱菜"。三个名字里，"钻篱"最佳，几可见鸡们在篱间穿过。嗯，我要做一道花椒钻篱菜。

唐宋时，蜀地还流行一样杏酱香豕头，用蒟酱、红糖、花椒种种拌匀，敷在猪头上蒸至熟软，将骨头剔出。老苏就吃过这道菜，还记在他的《仇池笔记》中。我总疑心"东坡肉"就于此中衍生。此番去眉州访东坡，在东坡酒楼吃了一道东坡肉，鲜香软糯，肥而不腻，一些子香麻味，一些子香辣味，嚼巴嚼巴吞落肚，唇间犹黏稠着甘脂，便隔几日念起来，还存了回甘。我也吃过江浙一带的"东坡肉"，也香也甘，少了麻辣味，想来并不正宗。老苏出于眉州，"东坡肉"自然少不得一味花椒，至于辣椒，他可就无福享用了。

数百年后，这样名唤辣椒的辛香料才由江浙登陆，而入蜀，便"金风玉露一相逢"，有了如今的川味。老苏的口福还是欠了，终究没等到辣椒君。

对了，花椒最初的用途并非佐料，而是香料。《诗经》为证："有椒其馨，胡考之宁。"汉未央宫有"椒房"，楚人还造椒酒，大约椒香以辟秽。

豆 腐 帖

豆腐入古帖如何？譬如，"今夜吃了好豆腐，不能独享，送你两斤"，或者"近来深念豆腐滋味，若有上佳者，望惠少许"，又或"豆腐及酒异常佳，乃可径来"……我的"豆腐帖"当然成不了传世的《奉橘帖》《鹿脯帖》《苦笋帖》，但豆腐的确清嘉，家常得妥帖，又清白得方正。

豆腐也有书帖样貌。大约很多人都没见过豆腐在被切割之前的样子。它们足有一整块木板大小，也一板一板放置在木板上，被挑出来卖。白白净净一板豆腐，上面还有模子倒出来的方方正正的分界线，像乌丝阑笺纸，只待世人提笔蘸墨书一帖。

从前挑担卖豆腐的都用竹刀割豆腐。小孩端了小半碗水在跟前候着，他拿竹刀一割，手里一裹一翻，豆腐就落入碗里，碗中水也仅微微一荡。裁纸刀也多为竹木，不同的是，裁纸须静缓，否则就会平仄失衡参差不齐。现在人们写短文章也爱称"豆腐块"，古人是"矮纸斜行闲作草"，"矮纸"书就的也是帖。

只豆腐终究太家常，比不得橘子、鹿脯、苦笋，并未在古人书帖中被津津乐道。豆腐菜却自古以来花样百出，光一本《随园食单》就有蒋侍郎豆腐、杨中丞豆腐、张恺豆腐、庆元豆腐、芙蓉豆腐、王太守八宝豆腐、程立万豆腐、冻豆腐、虾油豆腐、豆腐皮等等十数样。做法有简单的，如庆元豆腐，豆豉同豆腐一同炒就是；如芙蓉豆腐，浸泡去豆气跟鸡汤一起煮，起锅时加紫菜和虾米。也有磨牙的，如王太守八宝豆腐、冻豆腐，堪比贾宝玉家的"茄鲞"和"小荷叶儿小莲蓬儿汤"了。不赘述。

还是老苏的豆腐菜清减。大概一切菜肴都须往俗里走，才能成其为俗世烟火。像昆曲，老百姓听来总有些佶屈聱牙，不如黄梅小调、花鼓戏、秦腔亲切。林洪的《山家清供》里记录了东坡豆腐的做法，葱油煎豆腐，研榧子一二十枚，和酱料同煮。还说纯以酒煮，也更有益。细究起来，也还是精细的，毕竟是老苏。

煎豆腐自然都会，老豆腐两块，切片，两面煎得金黄。粲然的颜色看着就觉得喜兴，最能勾馋虫。葱油实在也不难，微火温油里搁小葱段，一小会就香了。香气逸出能袭人时，把葱段捞出，万不能等葱炸至老。老了就黑了，待煎豆腐时，拐带得连豆腐也有零星的黑点和焦味，像妇人中年后的黄褐斑，一股子老气。我没有榧子，就用花生碎替代，酱料也是现成的黄豆酱。有酱料则无须调"盐醯"，略煮一煮，锅开了撒点葱末便齐活。这时的馥郁咸香比早前的葱油香更袭人，是丰乳肥臀的妇人，身姿一摆横着就过来了，容不得你避闪。

再讲究些，就自己碾榧子碎，自己熬酱料。我最喜欢香菇鸡肉酱，几乎可佐百肴，能使百肴更加香。这样豆腐就有了榧子香、黄豆酱香、香菇鸡肉香、葱油香，再加之豆腐原香，诸香叠加，香冠群"芳"。若按老苏说的用酒煮，香味恐怕更要生扑过来吧？

东坡豆腐是否果真为老苏所创，仍旧存疑，毕竟他关于豆腐的诗文只一句"煮豆为乳脂为酥"。人们惯于给美食赋以各种文化概念，好吃的老苏被"借"名号，几乎是理所当然的事情。

东坡豆腐只合用老豆腐，怎么煎都不碎。我们南方的嫩豆腐适合做麻婆豆腐、鲫鱼豆腐汤、蟹黄豆腐、虾米豆腐羹、香椿拌豆腐……嫩豆腐菜得拿羹匙舀，颤颤巍巍冒着热香。一大羹匙倒嘴里，味还没品全，滑滑溜溜就落了肚，直烫得舌面、喉头、腹肚一连贯地震颤，连带腮帮子也哆嗦一下。

在我老家，老豆腐、嫩豆腐都称白豆腐，为区别油豆腐和豆腐干、霉豆腐、豆腐皮。油豆腐是豆腐块炸制而成，又有大有小、有宽有窄。永兴县的马田豆腐以小坨子油豆腐为盛，桂阳县的和平油豆腐大多是薄薄的大片，拿一片当零食撕了来吃，能嚼出甘甜味。如今所在的城市有攸县黄图岭豆腐，白豆腐、油豆腐、香干子、霉豆腐都负有盛名。

去云南吃过石屏烤豆腐，外酥里嫩。石屏是小城，各个街角旮旯里巷小店，无论春秋冬夏，都会升起一炉炭火。炭火收敛得几乎只剩余烬，架一张铁网，上面整整齐齐地摆放百十枚小豆腐。男人们每日闲时都在烤豆腐摊前围坐，一边拿筷子翻豆腐，一边喝酒吃豆腐，扯闲谈。我去石屏时，也钻进小店同他们凑了一桌，一口苞谷酒一口石屏豆腐，听他们讲石屏轶事。

各地都有好豆腐，淮南的八公山豆腐，陕西的榆林豆腐、白水豆腐，四川的沙河豆腐、罗泉豆腐……好在豆腐们都肯囿于一隅，各自相安。不过豆腐间亦有"争端"，据说南北就曾为豆腐脑是甜的好吃还是咸的好吃闹腾过。

张宗子《夜航船》里说，豆腐"为淮南王鸿烈所造，故孔庙祭器不用豆腐"。看来儒道的不相容，也影响到了豆腐。和尚却并不在意，将豆腐作常素，平常人家更无此讲究。我老家清明祭祖就必得有豆腐，有村人去世吃席也叫吃豆腐饭，大概豆腐清白，宜白事。

豆腐皮也清白，更像笺纸了。《红楼梦》第八回里宝玉给晴雯留豆腐皮包子那番话，也算得一纸"豆腐帖"——"今儿我在那府里吃早饭，有一碟子豆腐皮的包子，我想着你爱吃，和珍大奶奶说了，只说我留着晚上吃，叫人送过来的，你可吃了？"

燔 肉 为 炙

东坡在惠州吃炙羊脊骨，特给子由写信说制法，文末偏又道一句："然此说行，则众狗不悦矣。"人将骨头上的肉都啃食光了，无异于与众狗争食，它们不悦是自然的。如此，东坡的炙羊脊骨可拟一个菜名——众狗不悦。

众狗不悦的做法如下：

"熟煮热漉出，渍酒中，点薄盐，炙微燋，食之。"

煮熟捞出，趁热控水，以酒腌渍，撒些薄盐，烤至微焦。换成白话文，也不过如此而已。加之羊脊骨上的肉实在少得可怜，锱铢必较一整天，也只能从骨头缝里剔下来一丁点的肉。便是这"铢两"之轻，却每得一隙都是惊喜。

老苏就这样乐颠颠地剔一隙骨，抿一星肉，居然有了持螯而食的快意。

滋味如何呢？他偏不说，只写自己"喜之"，而"众狗不悦"。

沦落到与狗争食，犹能喜之。这方是苏东坡。

我日前也吃了一道东坡羊肋排，但并未吃出惊喜。羊肋排比羊脊骨肉多多了，如今佐料也齐全，椒盐孜然元葱姜末香油料酒五香粉。烤制之后，焦香斐然。

色香兼具，那就持肋而啃，竟除却那些焦香佐味，没咂摸出余兴来。将肉排骨细细看来，又细细咀味，似乎肉里水汽过了，大约并未趁热捞出，以至于汤水淤在肉骨里，不得发散。可知东坡信中特意交代的那句"不乘热出，则抱水不干"，端的是极有道理。

饭店借了东坡名号，却并未掌握东坡炙羊脊的精髓。从这个意义上看，东坡是一个形容词，给每道菜冠以"东坡"二字，就摇身成了佳肴。

烤炙肉食也并非东坡首创，据说，黄帝时人们就开始"燔肉为炙"了。燔炙，即烧烤。人类的饮食文明史，大约就是一部"烧烤"史。《诗经》里有一首《瓠叶》，虽以"瓠叶"起兴，实则重章迭唱，句句写吃烤兔子饮酒之乐。《诗经》能读出馋涎，唯《瓠叶》一篇。

最能逗引得馋虫蠢动的还得是孟元老的《东京梦华录》。早前作注译时，每至夜深，腹肚里就仿佛有一只手在不停抓挠，挠得人心慌气短，必得一顿烧烤才能解颐。《东京梦华录》只罗列了数百样美食，全不如《随园食单》《食宪鸿秘》《山家清供》《饮膳正要》这些专门的饮食书来得详细，却往往如美人影影绰绰，更能勾人。

孟元老的东京，也是苏东坡的东京，人们之好吃简直"令人发指"。光烧烤就有炙子骨头、群仙炙、旋炙猪皮肉、角炙腰子、酒炙肚胘、假炙獐……炙子骨头就是烤羊肋排，群仙炙大约是各种烤炙的肉食拼盘，而旋炙、角炙、酒炙、假炙则是各种烤制的方法。如此这般，堪比"烧烤大全"了。

有这样爱吃的大宋百姓，苏东坡的好吃会吃实在是有渊源的。那就跟着老苏去吃大宋美食。

东京夜市以州桥与马行街为盛。主食如水饭、包子、煎角子，肉食如爊肉，还有鹅、鸭、鸡、兔、鳝鱼肉等等。另有从食如干脯、姜豉、红丝、辣脚子姜、辣萝卜，又有杂嚼如鲊脯、炸冻鱼头、批切羊头、旋煎羊白肠、肚肺、赤白腰子、奶房、肚胘。夏天还有冷饮甜点之类，如麻饮细粉、素签沙糖、冰雪冷元子、水晶角儿、生淹水木瓜、药木瓜、鸡头穰、沙糖、绿豆、甘草冰雪凉水。又有各样蜜饯糕点，荔枝膏、广芥瓜儿、杏片、梅子姜、莴苣笋、芥辣瓜儿、细料馉饳儿、香糖果子、间道糖荔枝、越梅、金丝党梅、香枨元，都用梅红色精美匣子装着。冬天就吃热食烧烤了，盘兔、旋炙猪皮肉、炙鸡、燠鸭……

夜市直至三更才结束，刚到五更就又重新开门营业，繁华热闹处则通宵不歇，寒冬腊月刮风下雨也不例外。

除却夜市，更有潘楼、矾楼、班楼、八仙楼、长庆楼、仁和店、蛮王家……七十二家正店，以及不可计数的脚店，简直彩楼相对，绣旆相招，掩翳天日。老苏在东京约十年，才是真正得了吃的福气，哪用担心"众狗不悦"？

注译《东京梦华录》于胃肠真是别一种折磨，每每直欲抛了书弃了笔，到楼下烧烤摊点一堆烤牛油、牛筋、羊肉、羊排、鸡心、鸡翅……老板，再来两瓶啤酒！

此篇由戊戌写至壬寅，庚子之疫后，无从游历，几乎以文章解馋。

东坡啜茶帖

道源，啜茶否

近来爱读帖。

张心斋《幽梦影》里有语："楷书须如文人，草书须如名将，行书介乎二者之间，如羊叔子缓带轻裘，正是佳处。"初读此句，颇认同，略思量，似乎又不尽然。

若说欧阳询、褚遂良楷书为文人断然不错，赵孟頫小楷何尝不如羊叔子？读子昂《汲黯传》就如见魏晋士子，雍容秀逸，又简静平和，提按使转，方圆兼施，皆有轻裘缓带之风。他的《洛神赋》则妍丽洒脱，婉若游龙，真真将洛神风姿卓然地捧出，顾盼间皆有情。

草书看怀素，俨然可见阔大的僧袍为风灌入，流畅清隽得具了仙气，唯力道不输。何来名将模样？米芾信笔而来的洒然，直是不衫不履，可达烟云掩映之境，倒有魏晋遗风。王铎草书倒算得名将，沉郁遒劲，如沙场秋点兵。

有朋友喜欢王铎，将我也拐带得喜欢了。王铎的书法奇崛而疏阔，有烈火烹油般的热闹，偏又深藏了许多寂寞。近来读他尺牍，又是一番气象。且拣两句来，"宿邯郸恰似卢生骑驴，人枕孔中光景。斜魄照户，疑足下摇珮苒苒而来"。全不是贰臣和书法的王铎，是文弱书生，清浅数字，摇曳多情。便即是寥寥数字，用典、道梦、说理、描景、怀人，皆全了。《邯郸记》卢生枕中一梦一世跌宕，醒来一看黄粱米尚未熟。王铎可是借卢生道出自身际遇？

王铎终究未勘破，字虽好，不如读老苏尺牍书帖自在。譬如，《新岁展庆帖》《人来得书帖》，又如《啜茶帖》。

《啜茶帖》是老苏写给杜道源的一封短笺，邀道源前来饮茶，顺便有事相商。如下：

道源无事，只今可能枉顾啜茶否？有少事须至面白。孟坚必已好安也。轼上。恕草草。

全帖字三十二，通音问，约啜茶，谈起居，着笔看似漫不经心，实则气脉贯通、布白错落。用墨虽腴润，筋骨却在，字又隽秀又爽利，有着基于法度之上的自在。

黄山谷曾提到，东坡书早年姿媚，中年圆劲而有韵，晚年沉着痛快。老苏这会儿在黄州，恰中年，正是"圆劲而有韵"。此时的老苏，因乌台诗案获罪贬至黄州，如他《寒食帖》中所写"泥污燕支雪"。好好的海棠花，一场风雨后跌在泥淖里沦为胭脂雪，也是唏嘘。风雨和泥淖是困局，亦是玉成，若非如此，老苏书法怕还存于早年姿媚中，修为亦然。如茶须经滚水，老苏也是在渥烫的水里走了一遭方得转化，到此时渐渐一任自然，无碍无滞。

还是说回书帖。苏氏一门与杜氏三代交好，老苏更与道源、孟坚父子交游甚密。杜道源名杜沂，其子孟坚名杜传。他在黄州期间，杜传也任职黄州，《啜茶帖》便写于此时。

老苏啜茶必邀友，不是他受不得寂寞非得招人作陪。他曾说："盖饮非其人，茶有语；闭门独啜，心有愧。"佳茗虽不能言，却有语。譬如，你守着茶炉，新火红活，渐次见了鱼目，看到连珠，又闻涌泉汩汩，波涛骈荡。茶汤始得，一入口喉霎时滋味由舌头回，再一品咂，又是一番言语。正因好茶有语，若是一人闭门独饮，老苏便觉得无比愧疚，须招了知己好友同啜，方不负佳茗。

这一日，老苏想饮茶了，或曰，老苏想道源了，便展纸书一笺。道源啊，你今天该无事吧？能否屈尊来看望我一下呢？我们可以一同喝喝茶，顺便我还有一点点小事需要当面跟你聊聊。孟坚日前微恙，此刻想必已经安好，便替我问候吧。

这便是苏轼。语与字皆缓带轻裘，有间有暇，可见形容、情态、意趣，是一位闲逸淡泊的君子，而又如此生动。字的生动可见，语的生动在"枉顾"，在"啜茶"。道源施施然来，东坡道源啜茶之乐，涣涣然。

道源之乐想来亦如春水之盛，便是执此一帖也足堪啜茶几盏了。说到这里，可讲一笑话。

老苏友人中有个名叫韩宗儒的，最是贪吃。他隔三岔五给老苏写信，收到回信后，便拿书帖换羊肉吃。黄鲁直取笑说，王羲之以字换鹅，叫"换鹅书"，苏子书帖可名"换羊书"了。一日，韩宗儒大约馋得不行了，连写几封信给老苏，还专门派人催问回帖。老苏哈哈一笑，说："本官今日断屠！"

总是这韩宗儒光顾了自己的馋，而未了解老苏的馋，须知老苏也是天下一老饕。这韩氏远不如后来的梁鼎芬聪明，他为讨友人杨守敬书帖，在家中炖了羊头，书一短笺："炖羊头已烂，不携小真书手卷来，不得吃也。"

皆是承平文宴，铺陈风流。

相较而言，张岱约茶的书帖就显得矫情多了。张岱《与胡季望》尺牍篇末也邀胡季望啜茶："异日缺月疏桐，竹炉汤沸，弟且携家制雪芽，与兄茗战，并驱中原，未知鹿死谁手也。临楮一笑。"虽也是三十余字，与《啜茶帖》比，看似文采更盛，终究少了许多爽利与自在。《啜茶帖》未写啜茶之欢而宾主皆欢，未展一笑而尽显笑意。宗子书法不如老苏，文章也不如，少了疏朗与留白。唯一样嗜茶。

书家颜真卿也嗜茶，便发起了一场湖州才子月夜啜茶会，参加茶会的分别为颜真卿、陆士修、张荐、李萼、崔万、僧皎然。才子、知交、清风、明月、佳茗、素瓷，不消多想，这夜必然宾主尽得清欢。于是，就有了这首六人联句的《五言月夜啜茶》。

泛花邀坐客，代饮引情言。（陆士修）
醒酒宜华席，留僧想独园。（张荐）

不须攀月桂，何假树庭萱。（李萼）

御史秋风劲，尚书北斗尊。（崔万）

流华净肌骨，疏瀹涤心原。（颜真卿）

不似春醪醉，何辞绿菽繁。（皎然）

素瓷传静夜，芳气满闲轩。（陆士修）

这是一场无须事先张扬却必将流芳百世的啜茶会。

颜真卿，时任吏部尚书，是后世人人皆晓的大书法家，颜体楷书便是颜真卿所创。其他几人，陆士修时任嘉兴县尉；张荐是吏官修撰；李萼为庐州刺史；崔万，即崔石，湖州刺史；昼是皎然的名字，他俗姓谢，是"山水诗鼻祖"谢灵运的十世孙，也是中唐时著名的诗僧。

六位大才子，有京官，有地方官吏，有书法家，有诗人，又甚相契。我们几可得见，中唐时某个静谧秋夜，月华皎皎，庭前桂下，置一茶席，有六文士席地而坐。茶铛旋煮，素瓷静递，六人时而沉思啜茶，时而吟哦联句，月光如水，茶气似烟，诗意杂糅其间，有清风忽至，且从容，且怡悦，且骀荡。

联句由士修始，又由士修终。"泛花邀坐客，代饮引情言"，直入正题，茶泛起乳花浮沫，客团团而坐，我们便以茶代酒叙叙友情、聊聊闲话。"泛花"即"浮沫"，唐人将茶研末烹煮，倒入杯中时便泛起沫饽，茶圣陆羽谓之"汤之华"。华薄为"沫"，厚名"饽"，细且轻盈的叫"花"，枣花飘飘然于池上。

张荐次句语承士修，醒酒须茶，留僧须寺院。"华席"便是茶席，"独园"是"给孤独园"的略称，泛指寺庙。"留僧想独园"有调侃诗僧皎然之意，可见他与皎然亲近。

李萼接着以"不须攀月桂，何假树庭萱"，写好友间啜茶联句的逸兴，全无须借助月华清辉、萱草忘忧。崔万则大大奉承了一把颜真卿，评价他任御史时如"秋风劲"，做尚书时比"北斗尊"。本地父母官如此敬重自己，颜真卿该如何接呢？他并不承崔万诗意，而又转至啜茶，以一句"流华净肌骨，疏瀹涤心原"，道出茶中深意，啜茶以净肌骨、涤心原。"流华""疏瀹"都指代茶。

全诗里，我最爱皎然两句，"不似春醪醉，何辞绿菽繁"，可算得一缕春风，将前面的正经端庄或强作风雅拂开了一道缝隙，于是，风便灌入，疏朗又清爽。士修末了的收束也自然而来。

月朗风清，器洁茶香，联句成章，宾主偕欢，这一场关于茶的雅集可谓完满了。我只是更爱颜真卿书帖，真、行、草都爱，《麻姑仙坛记》《与澄师帖》《广平帖》……颜真卿书帖比他诗好许多，干脆爽利。譬如，《鹿脯帖》，"病妻服药，要少鹿肉，干脯有新好者，望惠少许"。一帖直入正题，讨鹿脯。堪比老苏"断屠"，多好。

季常，借个茶臼

溽热不堪。

就泡杯冷茶，一撮龙井或碧螺春，一杯凉白开。老家郴州的狗脑贡更好，因为鲜！山野里的茶比龙井们鲜，如同市井小民比正人君子更生动，一样的道理。

凉水泡茶有一股子冷香，自然不是宝姐姐集合了春天开的白牡丹花蕊、夏天开的白荷花蕊、秋天的白芙蓉花蕊、冬天的白梅花蕊得来的冷香。依宝姐姐的描述，她的冷香该是白色，轻浮无比。冷泡茶的香是绿色，譬如你夏天燥热时进到溪流穿过的林子，花在枝上待着，鸟在枝头闹着，蚱蜢从这棵草蹿到那一棵，吸一口气都清凉，都是世界原本的样子。

你得晌午前将茶泡好，矿泉水里扔一撮绿茶。扔进去都一小会儿了，它们兀自做着"水上漂"，那水也耐烦，一点点去裹牢茶叶。茸毛渐渐舒张了，细小的水珠附着，是茶叶贪玩吐的泡泡。又跌坠一些了，悬浮在水面下，仍旧不情愿被扯将上来。终于，水裹挟了茶摁入自己的躯体里，一场角力宣告结束。

茶于是甘心释出基质，一些茶青，一些甜鲜，一些甘香。待你一个冗沉的午觉起来，咕咚咕咚只管牛饮就是，解热又涤昏，浑身细胞一个激灵后，齐刷刷醒了。这茶水里有一抹鲜绿，与滚水泡来的黄绿截然两样。滚水里大约待着一个半懒的老道，而凉水里则躲着个鲜活的小妖，一股子稚气还未脱。这会儿再来品咂，那冷茶甘冽清甜，浑然由一片竹林路过，一阵风来，竹叶飒飒然。林间又有溪水淙淙，偶有落英、竹叶与之一道施施然而去。

此时，隔竹有茶臼敲响。

敲茶臼的小童子在柳子厚的诗里，一首七绝，《夏昼偶作》。

南州溽暑醉如酒，隐几熟眠开北牖。
日午独觉无余声，山童隔竹敲茶臼。

彼时，柳子厚在永州。永州与我家乡郴州相邻，均属湘南。湘南暑气不同于北地，既湿又闷且热，如穿顶严丝合缝地笼着地壳，连一点模糊的边界也没有。头顶的大太阳从清早一直浪荡到晚上八九点，地也就理所当然地不断加大火力，上下一体地这么"熬煮"着。天地一片混沌地熟热！

柳子厚大约就在这样的暑热里如酒醉一般，心烦意懒，昏昏欲睡。其实，"醉如酒"的溽暑也只是"闲篇"罢了，他真正要和盘托出的是一个熟热午后的闲逸。

热啊，热得不行时干脆睡一觉，便洞开北牖，几案侧边高卧，酣然一睡。这得算柳子厚夏日午后的第一"闲"，谓之"北牖闲眠"。"北牖"即靠北的窗。唐代王棨有篇《凉风至赋》，似乎写初秋，通篇四百余字，专写秋风肃杀，最好就这八个字——"北牖闲眠，西园夜宴"。这两句简直不像唐人的句子，像魏晋或明清，自由散淡得没有一丁点虚与委蛇。柳子厚这会儿就是这样一份自由散淡，几可见他案前慵卧，北牖风来。

待得一觉睡醒，惺忪睁眼犹懒起。日午天高，世人也都歇了吧？一丁点声都没有，除了北牖之外幽篁之中，小童子隔竹敲响了茶臼——笃，笃笃，笃，笃笃。"独觉无余声""隔竹敲茶臼"，这是柳子厚的第二、三"闲"。

如何不闲呢？睁眼了却闲懒着不起，正享着这余声了无的闲静，小童子的茶臼敲起来了。竹林那边哪是山童自敲茶臼，分明就是一声声唤出茶馋来。如此，午后的"闲"又可衍生出第四来，柳子厚竹林品茶图，这就应验了张志和的那句"婢樵青使，竹里煎茶"。

"茶臼"得算此诗的"诗眼"，它一敲响，柳子厚才算真醒神了，你也循踪而去。竹林这位小童子可知事得紧，这边午睡才醒，他那里已然茶臼敲响，研茶备茶了。

茶臼是唐宋之时研茶工具，有杵有臼。明代之前，人们都以茶末煎茶饮用。饮茶之前须备茶，先将团茶在火上稍加炙烤，炙后的茶饼放置在纸囊中晾凉，此为"候茶"。这时就该用茶臼了，将茶饼置入茶臼，一点点碾成茶末。茶末还须经过茶罗细细筛过，最细的才用以烹煮。而后以釜盛水，在风炉上煮开，投以茶末，此为"煎茶"。煎茶时又有"候汤"，三沸即可，唐代还往茶里搁盐葱姜之类。也有以沸水冲注之法，都须研末。茶臼是饮茶必不可少的器具，也是古代文人诗词里常见之物。

南宋理学家林希逸有诗《烹茶鹤避烟》："隔竹敲茶臼，禅房汲井烹。山僧吹火急，野鹤避烟行。"一样的"隔竹敲茶臼"，由溽暑转至秋冬，北牖移至禅房，山童变了山僧，而多了些禅意、仙气。敲茶臼、汲井烹、吹火急、避烟行，一串动词，又平添许多意趣。山僧比山童稚拙，听闻隔竹茶臼敲响，旋即便往禅房外井中汲水。又有风炉尚要生火，小僧人急慌慌吹火，偏生未见风炉火苗燃起，倒是烟气四散，连前来"凑兴"的野鹤也熏着了，腾跃间避烟而行。我们读诗时，直可见诗人在一侧拊掌而笑的模样，便是隔着诗，都不禁莞尔。

大约宋人都爱"敲茶臼"，借了柳子厚字句翻来覆去地用。譬如，马子严《朝中措》里"蒲团宴坐，轻敲茶臼，细扑炉熏"；又如，方岳在《次韵牟监薄》里："秋声满院有谁来，亦欲从君话老怀。隔竹已敲茶臼雪，不知何日又清斋。"

都是由茶臼引发的。

古文人都爱的茶臼模样到底如何？秦观就专门写了一首《茶臼》诗告诉我们，它刳木而成，制成臼形，声音大雅如上古乐器柷椌，样子如白玉缸，形制精巧，"俗物难与双"。如此好物，难怪时常入诗文。

我曾在几处博物馆见过唐宋时期茶臼，都是陶制或瓷质，有素胎、白釉、黑釉、青白釉等。大致一个钵的模样，内里有网格状纹路，大约更宜碾茶。与茶臼搭配还有一茶杵，跟个小棒槌似的，有木制，有相应的陶瓷质。湘南有形制与茶臼极相似的擂辣椒钵，土陶所制，外刷陶釉，内有网格纹路。青椒烤至外焦里软时就倒入钵里，木槌一下下擂至烂泥状即可。擂辣椒既有焦香，又茸软，辣椒的鲜香味整个擂进辣椒泥里，香辣得吸嗉吸嗉，能多吃几碗饭。想来，湘南人好吃，就借了茶臼来擂辣椒。秦少游若得知了，怕会连声叹气，哎呀，可惜了，落入寻常俗人家了！

再来说木茶臼。据说，木茶臼是建州产的最佳。苏东坡就曾向陈季常借建州茶臼，让自己请的铸铜匠仿造一副。他信笺写道："此中有一铸铜匠，欲借所收建州木茶臼子并椎，试令依样造看，兼适有闽中人便，或令看过，因往彼买一副也。"

果然老苏不落俗套，世人多借钱财吃食，他借茶臼。

此段出自老苏《新岁展庆帖》，写给老友陈季常的尺牍。尺牍自然不仅这短短一两句，也无非往来问候，又有上元邀约，关键还在于"借茶臼"。细读来，真觉老苏式可爱。你借茶臼便借茶臼啊，又是新年问候，又问起居如何，问了何日可入城，偏又告知另一友人上元前来，你还是一起来吧。又唯恐陈季常见怪，再说明上元时自己的房屋起造一应事宜未完，不得夜游。终于切入正题，季常，我要借你的木茶臼啊。又说其实并非借来常用，而是仿制。自然，以铜仿制也未必合心意。若有人能往建州走一遭就更好了，去之前先往季常处看过茶臼模样，便可照着样子买一副回来了。到此该说完了吧？他还再加一句："乞暂付去人，专爱护，便纳上。"意思是，乞求您暂时交给我派去借茶臼的人，一定好好爱护，仿制完成了即便还回去。哈哈，就为着一个小小茶臼，如此大费周章，足见大爱啊！

世人恐怕都不能理解老苏这一番心思，一个茶臼，为物所累，至于吗？老苏必摇摇头，曰一句："人无癖则无趣。"陈季常也该是好玩有趣之人，要不，怎会有这么一个让老苏都心心念念的好玩意儿。

活 水 活 火

某年春天，得了些好茶，朋友从六安寄过来的明前瓜片。自己在家里美美受用了好些天之后，开始巴巴地琢磨着请三五好友来品尝，算一试新茶。为示审慎，也为着不糟污了好茶，早早就筹备上了。

先取水。家乡的城边有座山，长年飞瀑流泉，水好。于是，一个人拿了好几个空饮料瓶，一壁儿看山一壁儿取水。水背回家后，本欲召集人，临时被唤去做另一件事，竟全然忘了。两天后，仍旧召人喝山泉水茶。烧了水泡了茶，茶一置口，就觉得水不滑软，上好的六安瓜片味道全然不醇了，赶紧打住，朋友还讶异。

我满怀歉意，说："换水后你们再试吧。"换了纯净水，大家对比之下才觉出确乎有些不同。山泉水被我背回来后，一直在密闭的饮料瓶里无法呼吸，而且窒息了好几天，活生生封闭成死水，自然坏了。泡茶，清洁活水总是必要的，否则纵有好茶也枉然。

泡茶用水最妙似乎是梅花上的雪水，印象深刻的是《红楼梦》栊翠庵品茶一幕。虽然有刘姥姥这个"母蝗虫"插科打诨、放屁拉屎在前后，如夏天沤在公共汽车中将馊了的体气里久了，总算中途到站可以呼吸些新鲜空气一般。于大观园来说，刘姥姥总是口味重了些。

栊翠庵里喝的茶是老君眉，水是旧年蠲的雨水，已算不俗。

耳房吃的梯己茶更脱俗，宝玉一饮就觉得"轻浮无比"，黛玉也问："这也是旧年的雨水？"却不料得了妙玉一顿冷笑，一顿机锋，全不留半点余地。我从此倒记住了梅花雪水的无比轻浮。

关于雪水，谢在杭有句话说："惟雪水冬月藏之，入夏用乃绝佳。"想来，梅花本就高洁，雪亦洁净，梅花上的雪收着，必是好水。梅花雪经冬储藏后，是不是更脱了人烟气，才轻浮如此呢？我不得而知。只是，想着那年只藏了两天便"死了"的山泉水，不得不对妙玉这藏了五年的雪水，存了诸般疑窦。也想唇舌如剑反驳她一番，又怕唐突了曹雪芹老先生写书时的呕心沥血，还是莫要吹毛求疵的好。我倒宁肯如贾宝玉《冬夜即事》里的"扫将新雪及时烹"一样，新雪活火及时煎茶，吟诗咏曲，更唱迭和。

至少，雪水煎茶总算得一件雅事。

用好水沏好茶，到底怎样才能算好水呢？

陆羽《茶经·五之煮》里说："其水，用山水上，江水次，井水下。"而且，就算是上好的山水也有讲究，要取钟乳石滴下或山崖中缓缓流下的泉水，不能用瀑布激流，也不能用流到山潭洼地的死水。江河中的水，要到人烟少的地方取，井水则须取用的人多了的，才算活水。古人还将好水排名，南零的中泠水及惠山的惠泉水位列榜首。

相比这些看似高妙的理论，我倒赞同宋徽宗的说法，

"水以轻清甘洁为美"。你想，他一个皇帝老儿，喝个茶要什么水没有，可他却说，中泠、惠山水即使好，也太远了，还是取山泉水和常用井水为好。

也有比皇帝还讲究的，妙玉的那一瓮梅花雪简直就是小儿科了。此人是明代的闵汶水。

某次，张宗子造访金陵闵宅，好不容易讨得一杯茶喝，只觉得香气逼人。这张岱本就是个茶痴，各种好茶都难过他口，这日竟也边喝边不住叫绝，又问用的什么水，闵老子说是惠泉水。这就更奇了，惠泉在无锡，距南京好几百里，在那个年代迢迢运输就是一桩难事，更何况还得保证水不变质。

闵老子说出的运水技巧简直让人瞠目结舌了——汲水前先洗淘泉井，然后在静夜里等候泉水新出。运水用的是瓮，大概取陶器有气孔，不致密闭，瓮里还得铺满石子。无风时坚决不行船，因为人力晃动水远不如风力来得自然。闵老子简直就是将物理学运用到取水中了，这样的汲取和运输，不但令水质继续保持着活力，更让本就清甘的惠泉升华了，与一般水自是不可同日而语。这样也是水贵活。

老苏就说："活水还须活火烹。"他是自个儿直接站在江边钓石上取最清的江水来烹茶。

　　这夜风清月朗，正宜烹茶。于是，背上瓮，负上瓢，拿了勺，拎了瓶，老苏月夜临江取水图就描画好了。即使取江水，也不能随便找一地儿，江边泥沙多人迹杂，水必不清洁。湍急处的水也不可取，动荡太甚，想来性躁。得选一处既清且深之地，才能保持水的活泛清甘。这寂静避人处有一块钓叟垂钓的石头，正合立足，便开始汲水。

　　我简直要对老苏取水这一场景嫉妒了，不就是打点水吗，怎么连月亮也来凑兴？《汲江煎茶》诗："大瓢贮月归春瓮，小杓分江入夜瓶。"多好的句子！一瓢水一瓢月，春瓮里得贮了多少枚月儿呀？与月一齐归入瓮的江水，一定更染了月的灵性，清凌凌活泛泛，甘醇无比。瓮里水月贮满，又使小杓将江水舀了倒进瓶里，以备烹茶。大瓢贮了月儿，小杓分了江水，也就是老苏能将此等闲情小事写得如此阔大捭阖吧？李太白虽更有浪漫夸张，但总缺了些生活情趣，在这点上不如老苏远矣。

　　水是江河活水，火也得活。所谓活火，是有焰方炽的炭火，火势不能太大，也不可用文火慢熬。

　　最难在一个"烹"字。

　　火得有新焰，活火烹煎，先盖上盖子，等到稍有水声，就揭开，才可以看出水的老嫩。第一沸称"蟹眼"，第二沸为"松风"，水沸微涛就可以了，也有说要三沸的，只是断不可嫩了或老了。如果壶釜才热、水只一滚，就倒出，这时水气未消，是为"嫩"。若水过三沸甚至十沸，就又失了汤性，谓之"老"。

"雪乳已翻煎处脚，松风忽作泻时声。"茶泛雪乳，翻作松风，老苏的茶算是不老不嫩，刚刚好，鲜馥适度。

古时茶色尚白，人们往往看茶汤的色泽是否鲜白，来辨别茶的优劣。纯白者最佳，青白、灰白、黄白下之。而老苏烹出的这种雪乳，就是极好的茶。雪乳恰浮上釜沿，松风忽作，茶便煎好了。

隔着时空，我浑然嗅到了老苏煎茶的甘香。且上茶！

这会儿该吟一首卢仝的《走笔谢孟谏议寄新茶》（《七碗茶歌》）了："一碗喉吻润，二碗破孤闷。三碗搜枯肠，唯有文字五千卷。四碗发轻汗，平生不平事，尽向毛孔散。五碗肌骨清，六碗通仙灵。七碗吃不得也，唯觉两腋习习清风生。"

可老苏却写枯肠、写听更，偏生不写如何饮茶。前面汲水、舀水、活水、活火、煎茶，铺陈得那样流丽闲逸，居然来个草草结尾？

再一回味，实在是我太拙了。

彼时，老苏被贬在儋州。

老苏有一首自题诗，里面有两句"问汝平生功业，黄州惠州儋州"，便是他一生贬谪的轨迹。临了甚至还被发配到了儋州，也就是现在的海南岛。那时的儋州，可不是旅游黄金岛，在有宋一朝不杀士大夫的政策下，谪居蛮荒之地的儋州恐怕是仅次于死刑的刑罚了。一样的际遇，换了旁人必成天愁思难抑。老苏不一样，他调笑着道："我本海南民，寄生西蜀州。忽然跨海去，譬如事远游。"

这才应该是老苏，拿谪迁当远游，居于荒城仍可以汲一江水、贮一弯月、笼一炉火，活水活火煎新茶，听更声。

龙凤团茶到了

已过几番雨，前夜一声雷。旗枪争战，建溪春色占先魁。采取枝头雀舌，带露和烟捣碎，结就紫云堆。轻动黄金碾，飞起绿尘埃。

老龙团，真凤髓，点将来兔毫盏里，霎时滋味舌头回。唤起青州从事，战退睡魔百万，梦不到阳台。两腋清风起，我欲上蓬莱。

老苏这阕《水调歌头》真真是写了一场建茶茶事，采摘、制作、点茶、品茗，甚至各种茶器，都是泠泠的建溪风。

建溪由古至今都出好茶，陆羽在《茶经》中说，建州之茶"往往得之，其味极佳"。建茶先是制作研膏茶，后为蜡面茶，唐末已成贡品。至北宋，由于皇帝爱茶，茶事兴盛，顾渚紫笋、阳羡茶、日铸茶都名噪一时，建溪龙凤团茶更是享誉于世，为宋室贡茶。

龙凤团茶是一种蒸青团饼茶，样子大致与现在的普洱茶类似，只是茶饼上压制了龙凤纹饰。龙凤团茶成名，得益于时任福建漕运使的丁谓，他监制的团茶八饼重一斤，茶上纹饰龙腾凤翔，栩栩如生。据北宋张舜民《画墁录》所记："贡不过四十饼，专拟上供，虽近臣之家，徒闻之而未尝见也。"

后来，蔡襄任福建转运使，在丁谓的基础上，进一步造出小龙凤团茶。小团茶更是品质精绝了，大约二十饼重一斤，小小一饼却值二两黄金，可谓奇货可居。宋仁宗每次到南郊祭拜天地之时，才赐中书省和枢密院各一饼，两府各四人共分一饼！欧阳修在朝为官二十多年也仅得赐茶一饼！就这样，他们还"以为奇玩，不敢自试，有嘉客，出而传玩"，由此可知，此茶贵重精妙之程度。连宋徽宗都在他自己的《大观茶论》里骄傲地说："采择之精，制造之工，品第之胜，烹点之妙，莫不盛造其极。"

小小团茶，怕也只适宜大宋前期的奢华精致，用玉水注、黄金碾、细绢筛、兔毫盏细细来品，一盏建溪春徐徐灌入，几阕诗词缓缓吟来。

可惜的是，这样精致婉约的好茶，于明代停造，工艺制法都已失传，只能在苏轼、陆游、李清照们的诗词里聊慰我们的恨憾，读一阕词，念一样茶。

想着建茶时，还是老苏的这阕最堪读，上阕着眼于茶，下阕专门来品，既识了茶又回了味。

"已过几番雨，前夜一声雷。"是时令，春雨几番、春雷几度之后，茶树们便开始抻出嫩芽。"旗枪"为茶芽，"争战"是长势，仿佛前面的春雨春雷就是沙场点兵前擂响的战鼓、吹响的号角，这会儿，早已旌旗招展、战马嘶鸣，独有一骑剽悍冲出——建溪茶独领春色。

读这两句，我想起了某年春在武夷山所见的。

那日，我们黉夜抵达住下，梦里隐约听见风雷滚滚，雨似乎下了半宵。早起时，仍恹恹的，推开窗，竟惊得一夜疲倦都遁去了。

眼前就是一片茶园，依山势蜿蜒铺展，经雨的绿从眼底漫出，一直漫到不远处的山脚。而山则被浅浅的雾霭轻轻围了一道儿绫纱，将山湿湿的铁灰色"脖颈"遮住，山尖倒也顶着一大丛绿色，只是映着犹湿润的蓝天和白云，反显得癫痫头一样，绿得斑驳。还是那一片茶园好，厚实得一道一道，却又嫩嫩的、油油的，不淡不浓，不晦暗也不过分明丽，是一种极鲜极润，有着活泼生机的绿。有了这绿，心里种种晦涩也会倏然逃逸，映亮了眼眸，更通透了心窍。来不及洗漱，光脚趿了酒店房间的拖鞋便奔下去，拖鞋太大在石板路上踢踏出清脆的声响，茶行间杂草上的露水在我鲁莽的赤脚上轻轻地献吻无数。终于浸到这绿色里，绿意漫过了我的全身。

这便是建溪春色，淋漓尽致地呈现出一派蓬勃的景象。

待得雨露暂歇，就可开始采茶了。

雀舌，是最嫩的茶芽，也就是宋徽宗所说"采择之精"，只取芽头。采摘的时候，必须用指甲迅速掐，不能用手扯断，因为一旦手指触碰到茶芽，便会对其有所损伤。且采摘的茶芽须肥腴些，不要瘦短的，瘦短茶芽必是茶下土壤贫瘠。连留的茶梗也有讲究，须留有一半长，不能太短，"梗半则浸水鲜白，叶梗短则色黄而泛""梗谓芽之身，茶之色味俱在梗中"。写了这么些，也只是采摘的第一步骤，这可比《红楼梦》里最烦琐的菜肴茄鲞更精细了十倍也不止。我都想像刘姥姥似的，念一声"我的佛祖"了。

"带露和烟捣碎，结就紫云堆"，写的是龙凤团茶制法里的研碾一步。其实，在这一步之前还有拣芽、濯芽、蒸青，老苏毕竟是作词而不是写制作说明书，仅择要处叙来。不过，也不愧为老苏，研碾一步在他写来，明明是人间茶事，却全然没了烟火气，而宛如月宫嫦娥将尚带露的茶芽以玉杵捣碎，层层叠叠结成紫云般的茶堆。

碾碎渥堆之后，就该压制成饼了。银制的模具，压出精美的龙凤纹，经烘焙后，茶才成。

这种种制法，如东坡词等一些文字的零散记载，虽然仍只是管中窥豹，但总算让我们不至于空念着"龙凤团茶"这富丽的几个字，毫无索引。

制茶已美，饮茶更好。仍是那股富贵气——"轻动黄金碾，飞起绿尘埃"。黄金碾，绿尘埃，多好的字眼。碾茶使的真是黄金的碾吧？价值二两黄金的茶，也得金玉的器具才配得上呀！茶饼碾碎成末，可不是绿尘埃！色泽也如此搭，像金笺的底子上轻轻地浮了一抹绿尘，手指一捻，华贵而轻薄浮腻。

当炉上活水翻出蟹目，便可点茶了，执茶筅不停击拂，点出雪白汤花，才分别置入杯盏中。建茶茶色素来尚白，因此须建窑所制的黑釉盏来配。乳白茶青黑盏，正是好茶配好盏。

建盏最上乘的要数老苏说的这兔毫盏。此盏敞口，浅圈足，胎体厚重，茶置其中不易冷却，正适宜品茗。釉色呈绀黑，釉质刚润，釉面呈现明显兔毫纹，纹理清晰，细腻流畅。

手持兔毫盏，盏中龙凤茶，人生至极的享乐莫过于此！一盏茶汤入口，百般滋味在舌面一刹儿回旋开来。龙凤团茶入口之后，该是何种回甘与性情？老苏并未具体描摹。但从最初春雷春雨的前奏，独占春绿的勃发，到只取雀舌芽头，细细捣碎堆积的紫云，再到品饮时的黄金碾、绿尘埃、兔毫盏，何须还来多缀几笔写茶味？

老苏还是知心人，即使不写茶味，也断不会令我们怀一种怅然，只消最后几句点睛笔，便可安抚所有念想——"唤起青州从事，战退睡魔百万，梦不到阳台。两腋清风起，我欲上蓬莱"。

多好！读至此，我也醉了，只能用一个"好"字来赞。

这几句用了三个典。"青州从事"语出刘义庆《世说新语·术解》，说的是魏晋时桓温的幕僚里有个主簿善于辨别酒，把好酒称为"青州从事"，差些的称为"平原督邮"。

"阳台"可不是我们现在用作晾晒的地方，也是一个典故，原指男女欢会之所，而后来又有了"阳台梦"这样春光漪漪的词牌。"两腋清风"自然出自卢仝的《走笔谢孟谏议寄新茶》，是极写饮茶妙境的句子，生了清风通了仙灵，还有多少妙不可言？

龙凤团茶虽已失传，那份华美总是如饮茶一般，一杯杯续下来了。建茶也依旧抚慰着嗜茶人的肚肠，如铁观音、大红袍，少了宋时的皇家气质，而添了谦和清气，大约还是有所承袭吧。而今建茶的汤色都很瑰丽，铁观音清明，大红袍澄黄，是骨子里仍旧散发出贵族气质的男子，都有着干净的香，岑寂隐忍，饱含深情，让人入了心，动了容。

光阴流得到处都是，龙凤团茶走得不见踪影了，铁观音、大红袍总是还在的，毕竟那份贵气也终究不属于我们。

若仍念着，饮不着了就读苏词吧，回到那个精致生活的年代，在金玉交织的华贵里，持建盏品建茶，缓缓度日。

试 新 茶

于茶人来说，春天简直可以算清欢季，因为出新茶。

我家乡有几个市县产茶，一名狗脑贡，一名玲珑茶，一个在水畔，一个在高山，都是好茶。每到春天，满大街就开始售卖新茶。

还在惊蛰就开始盼这个时候了，给有茶园的朋友打了几通电话，问茶抽芽没。坐在家里也仿佛能看见山坡上那沉积了一冬黛绿的茶园，正噌噌地蹿出一层嫩绿。

到春分，知道可以采第一道茶，绝早就邀了一二好友跑到茶园，要和露采茶。

小山坡上层层蜿蜒着青绿，又投影在水里，将那青碧的水映得澄盈盈的，好像谁把最纯粹的绿染料扔进去了，霎时晕开，展开成丝丝缕缕深浅不一的绿纱，在水里浣洗着。

采第一道春分茶纯粹为了开茶，朋友并不格外请人，只自家人悠闲采摘。我们几个虽嬉笑打闹着，对待茶芽却仍百般呵护，轻轻掐了芽头往小竹篓里放。摘得一捧时，已是半个上午，忍不住捧起来嗅一嗅，鼻尖触到茶上露珠，凉凉的，带露的新茶气让毛孔都舒坦了。经过一下午和一晚的炒制烘焙后，第二天就可以试新茶了。

春分茶纯粹是新，茶味和汤色都寡，冲两泡后就茶味全无了。可就是这一点新，让人仿佛觉得，只有喝了这一泡春分新茶，才是春天到了。

真正好春茶是明前，那时，我们倒都不敢去捣乱了，生怕粗手笨脚高嗓门污坏了上好春茶。唯一的法门是坐等，待茶制好，巴巴地再上门，高价求得几两，一年的等待算是有了抚慰。

寒食过后，茶得了。

净手、理器、烧水、涤杯盏，切切的心几乎随着杯盏一起碰得叮当响。盏以开水淋过，就可置茶了。新茶茸茸软软，才一投入茶盏，便被尚存的余温渥出了一丝缥幽无序的香。开水稍稍晾过，才小心地贴着盏沿注水，生怕水烫了或力道大了，将茶"砸"伤了。虽说新茶金贵，洗茶仍是必要的。第一泡算一声轻轻的唤，唤了这一声，茶才会醒。第二泡，茶醒了，在盏中慵慵地舒展成几指嫩绿的兰花，茶汤清澈悦目，举杯才到唇边，一股栗香浮动，如兰初坼。入口更甘醇，仿佛一季春风携了清甜香气，在唇齿喉际回转，只忍住别一口就吞落肚，让它在口腔停了好些转，才咕咚入胃。直听到它从喉头、食道骨碌碌地滚落胃肠的声音，登时，这春风也灌进了每一个细胞，全身毛发都活脱脱舒张了。

春天，试一盏新茶，浣去隔冬的晦涩，吸一吸鼻子，醒一醒脑子，伸个懒腰，一年就算开始了。

如今，惊蛰过了，春分过了，寒食、清明也过了。已至初夏，还没有喝一口家乡的新茶，竟觉得似乎春天都没有经过，夏的淫威就直接压迫而来了。

我在夏天里想念春天的茶，如同隔着这个想念，看故乡。

念一盏新茶，念故乡。翻书时，我读到了苏东坡的乡愁，竟与我的如出一辙。

如果不是明明知道老苏生于蜀地，我甚至差点以为他用的词牌都是一种想念——望江南。

《望江南》词牌总是纤巧清丽而略带一些忧伤，大约是初创这个词牌时就奠下了这个调调。词牌最初的名字是"谢秋娘"，为逝去的名妓谢秋娘所作。

词是苏东坡两阕《望江南·超然台作》的第二阕：

春未老，风细柳斜斜。试上超然台上看，半壕春水一城花。烟雨暗千家。

寒食后，酒醒却咨嗟。休对故人思故国，且将新火试新茶。诗酒趁年华。

那年，苏轼在密州，城北有旧台，他命人修葺一新，弟弟苏辙将台命名为"超然"，取《老子》"虽有荣观，燕处超然"之意。看来，子由深知子瞻，不愧为苏门兄弟，乃血脉相通的知音。有为兄长的超然物外，才有做弟弟的"超然"命名。至于由这超然台衍生的《超然台赋》《超然台记》，以及于超然台怀子由而作的《水调歌头·明月几时有》，都只是后话了。

词的题目是"暮春"，开篇即入题，却不言春已暮，偏说"春未老"。历来文人写暮春，总与愁做伴，风也飘飘，雨也潇潇，瘦损了海棠，折尽了梨花，哪怕仍见樱桃红了，芭蕉绿了，也只觉得流光仍在把人抛。苏轼不悲戚，他说"春未老"。

是啊，春并未老去，东风依旧轻拂了柳条在眼前袅袅娜娜。再登上超然台，所见便是阔大景象——半壕春水一城花。仔细端详一下，发现这两句与前面的"春未老，风细柳斜斜"简直可以算"并蒂"句。前句如一个腰肢纤细的女子，看不厌的温婉可人；后句似坦荡男子，迎风超然，

169

眼见得春水汤汤绕了满城花。似乎昆曲行腔，典雅而婉转，这厢里柔曼缠绵，那厢里清洒飘逸，于声色不动中暗香浮动。又不尽似昆曲的颓靡奢华，没有姹紫嫣红的喧闹，也无诸多赏心乐事绸缪纠缠，让人溺死在其间而不自觉。该是什么呢？或许，只是《诗经·国风》里捡拾的歌谣，裹挟了春风清凌凌的唱和。

无论女子、男子，小生或旦角，那衣角裙裾都明明白白錾着几个字：春未老。这样的春天，不会老。即使远远望去，"烟雨暗千家"，那也是别样晕染，深深浅浅的墨韵，似浓还淡的朦胧，都是春犹在的良辰。

超然台上，人，与物，与景，低回的，明朗的，掩映的，一切都超然。

下阕回转，专写人情。

再超然的苏轼，终究也免不了触景生情，脱不开《望江南·超然台作》淡淡忧伤的寡臼。

寒食，寒食。

这两个字本身就有些宿命式的清寂落寞，得从介子推说起。春秋时，介子推与晋文公重耳流亡列国，割股供重耳充饥，并助他复国。后来，介子推与母亲归隐绵山，晋文公烧山逼他出来，介子推宁可抱树而死也绝不出山。晋文公为寄哀思，下令在介子推忌日禁火寒食，以后便相沿成俗。

寒食过后，就是清明，人人都返乡祭扫，他却只能滞留密州。

这日颓醉醒来，空自嗟叹。看风景时仍可超然的苏轼，这会儿感叹什么呢？"休对故人思故国"，这就看出端倪了，到此时已经是对自己的劝慰，酒醉酒醒时，对故人，思故国，思念不绝如缕，欲归而归不得，颓然奈何。苏东坡总是善于宽解自己的，一个"休"字，万般乡愁便撇开了一样，休再暗自伤神念故人、思故乡，休再为寒食、清明黯然独饮，宿醉难醒。休休！

"且将新火试新茶。诗酒趁年华。"

春仍然并未老，不但未老，尚翻出许多新来。

寒食过后，重新点火，称作"新火"。明前春茶初采，新茶还带新绿。何不点一炉新火，烹一壶新茶，待那炉上青白釉似的茶汤浮起时，活火活水新盏新茶，再吟一首诗，斟一盅酒，就着这些种种，试新茶。春未老，光景仍旧好，有微风疏柳，有半壕春水一城繁花，有烟雨掩映亭台楼榭，老苏，诗酒趁年华！

多好的句子，至此又与开头的"春未老"相应和，又是一副超然洒脱状。古来几人有老苏这等功力？乡愁也可点到为止，不渲染，不浸淫，饮一盏新茶就可消万种愁。

记得一位老作家对我说过，乡愁是有距离的，越远离越想念。那时，我读所有乡愁的句子都刻意沉湎，其实只是在别人的故事里冷眼旁观却故作愁思罢了。直到某天，自己也离开了，便见到陌生之地的霓虹也染了忧伤。又以为，乡愁就该这样了，像打翻的砚台，重重地砸了脚趾，墨汁横飞，生痛，污糟。

此刻才知，乡愁也有苏式的，那就是新火新茶，诗酒趁年华。一切曲调唱腔都得在这份风流洒脱里匿音了，这时，只适宜泡一盏新茶，将那未老的春天吞落肚肠，清风顿生之际，作一首诗，写一篇文。

还等什么？回乡，去喝今春的狗脑贡、玲珑茶。

癸巳至辛丑间

东坡好酒帖

老苏实在是古今第一好酒之人。

此话一出，刘伶必头一个跳出来，要同我理论一番。他手抱酒壶，悠悠忽忽从鹿车上跃下，车旁是那永远荷着锸准备埋他的随从。他冲我怒目切齿，欲陈说法理。只不过魏晋士人虽擅清谈，刘伶却是一个淡默少言之人，想来也辩不过我。至多嗫嚅几句："止则操卮执觚，动则挈榼提壶，唯酒是务，焉知其余？"他又瘦如鸡肋，挥拳恐怕也打不过我，我自然也不愿似个野人，攘袂奋拳要去揍他。

刘伶真算不得好酒，他那是嗜酒如命。不对，还不是"如命"，是酒更胜命。喝酒就一斛而尽，五斗方能解了酒醒，断不是好酒之人的喝法，是牛的蠢饮。关键鲸吸牛饮之后，还发酒疯，在屋里褪衣解衫一丝不挂放浪形骸。实在不堪得很。

"斗酒诗百篇"的李太白，大概算得好酒之人了吧？可我更愿意称他"贪杯"，"一日须倾三百杯"，动辄便痛饮百壶，几乎将酒融入了生命的情态。若不是犹诗兴遄飞，怕只能叫作"酒腻子"了。又幸而他总有月做伴，楼虚月白，花影零乱，便是太白饮酒图的背景，衬得他仙灵一般。太白自然是仙灵，若不一味腻在酒里，那许多的浓愁大约也早抛下了。至于杜子美《饮中八仙歌》中的其他几位，大概除了崔宗之酒后仍旧有玉树临风姿，其他几位模样可都不怎样。贺知章醉落井水底眠，李琎闻见麹车酒香口涎长流，李适饮酒如长鲸吸百川，修佛的苏晋遇见酒便将菩萨丢诸脑后，张旭酒后脱帽露顶，焦遂素日的萎靡全靠酒来提振。

那么，陶渊明呢？他自己都说了是"嗜酒"，且终究寒酸了些，总需等邻友招酒，又造饮辄尽，期在必醉。如果没有数十首《饮酒》存世，这个第一流的隐士只能算第二等的酒徒罢了。

而如曹操、杜甫、欧阳修、李清照们，酒大多时候只是他们生活的附丽或愁苦的排遣而已。

东坡好酒帖

　　白居易倒是真好酒，饮酒随性又节制，招酒亦洒然。晚年退居洛阳履道里宅第后，老白还专门建了酒房自酿绿蚁。他酿酒有遵循杜康的古法，也用了颍川陈孝山给的新方。他每每进入酒房，见满屋的酿瓮，都要箕踞仰面吟咏一番。一首吟毕，就揭瓮拨醅饮数杯，颓然而醉兀然而醒，又再吟，陶陶然不知老之将至。但有酒友诗侣前来，必先拂酒罍，次开诗筐，诗酒既酣，乃援琴操宫声。履道里第中，有池有桥有舟，有书有酒有茶，有弦歌，有鹤舞，仆人洗酒米，主人邀佳客。欲雪的傍晚，新酒酿得，只需书一小笺差人送与刘十九，问一句"晚来天欲雪，能饮一杯无？"刘十九乐颠颠就冒雪而往，围棋赌酒到天明。

　　如此，"好酒"的"标准"，大概有了。"好酒"绝对不"嗜"，"嗜"如酒虫入脑，眼耳鼻舌身意皆不受控，所有的欲念只在一个"酒"字，得之便百窍通泰，不得就痒痒思服乃至挠心挠肺。"好"则花前可饮，荫下可酌，欲雪且温，雨霁且住，是饮是停皆随心。"好酒"又不贪，"贪"是"会须一饮三百杯"的李白，"每夕江头尽醉归"的杜甫，夜阑盗酒瓮下眠的毕卓，而"好"是能饮亦且饮而不见其醉态。"好酒"是有些讲究又不过于讲究。可以白天喝，也能晚上喝；能独酌，也能邀友；对山可饮，泛舟亦可；有菜可以，无菜也可；山间野地也行，寺庙道观亦可。好酒还须能酿酒，古人中能酿酒者，大概就王绩、白居易、苏东坡了，而一饮五斗昏昏默默倒地就睡的王绩显然已经归于"贪杯"。

文人之好酒更在于曲蘖入腹酒入诗文，苏东坡酒诗词二百余首，而白乐天"诗二千八百首，饮酒者九百首"。那为何东坡还能夺魁呢？乐天能拿得出来的酒诗大约就一首《问刘十九》和半曲《琵琶行》吧，而东坡单单一阕《水调歌头》能横扫乐天九百酒"兵将"。

东坡大约唯一一点不如乐天，好酒如斯，酒量却浅。

东坡酒量到底几何？他说："不过五合。"

古代，"合"为容量单位，按《汉书·律历志》记载："合仑为合，十合为升，十升为斗，十斗为斛。"一合大约二十毫升，五合就是二两。哈哈，老苏的酒量还不如我，且他那时饮的是淡酒。

酒量不行不妨碍他好酒啊。

对花饮，邀月饮；舟中饮，亭上饮；早也饮，晚也饮；杭州也饮，密州也饮，徐州也饮，黄州也饮，惠州也饮，儋州也饮……

　　超然台上，风细柳斜斜，半壕春水一城春花满目烟雨。有青衫一袭影临风，一手执壶一手持杯，身侧更有红炉新火煮新茶。春未老，诗酒趁年华。

　　凤翔喜雨亭，徐州石潭道，久旱逢甘霖，官员商贾农夫纷纷举酒谢雨，相与庆于庭、歌于市、忭于野。在人们抬着丰富的酒食往土地祠以酬飨神灵，甚至引来无数馋嘴的乌鸢，它们并不关心欢宴的人群里还有一个苏东坡。村姑们却都速速上了妆，三三五五地挤在棘篱门跟前往外看老苏，攘攘熙熙几乎踏破茜罗裙。道旁老翁野叟须发垂白，偏手扶藜杖，睨了醉眼，迷离地将一把田间新麦搓揉碎了就往口里塞，又心满意足颓然倒地便睡。老苏呢，也是酒困恹恹，干渴难耐，踉跄走向路侧山野人家就叩门乞浆借茶。

　　醉归遇雨亦莫慌，任那穿林打叶声声急，我自竹杖芒鞋吟啸徐行。

　　清夜无尘，月色如银，就更该持杯月下花前醉。对月逢花不饮，还待何时？那就喝吧，任月光白，眼花乱，烛花红。眼花耳热之际，再对月举杯一问："明月几时有？把酒问青天。不知天上宫阙，今夕是何年？"

　　东坡的月下之饮不是李白的独酌，月下独酌的太白有着与月一般的孤独，便只好"举杯邀明月，对影成三人"。对酒当歌时，明月实则也只是他的影子，便愈发照见他的孤独。苏东坡不是孤独，他先前是欢饮达旦大醉之后的怔忡。一刻的怔忡之余，又多了一分寂寥，两分逸气，两分超然，还有五分思念。如同一样食物、一种香氛或一曲乐音的调性，看似幽渺又层层分明。

欢宴散后，一切归于阒静。一夜的喧声仍旧在耳鼓萦回，嘴角的笑意似乎也仍未掩去，直至抬眼见那轮中秋月。这便起了寂寥的前调，将彻夜的欢声驱逐而去。酒意总是散不去的，曲糵似是由胃肠里漫溢出来，在眼底在嘴角，那便再斟满杯，对月把酒朗声一问。东坡这一问起得突兀、问得离奇，竟似有了谪仙影子，却并无谪仙的孤独，只怔忡之间，问之痴迷、想之遥逸，超然乎尘垢之外。不同于太白揽了月来对饮，在那厢里歌徘徊影零乱，东坡是化作月中人，直欲乘风归去。待他也起舞弄清影时，才由昏昏然间驱散幻象，何似在人间？东坡不是谪仙，便身落在人间神魂也在天际飘着。他能凌空而起，入处似虚，也能返虚转实，贴近俗世人情。是谓能"上天"也能"落地"。"落地"的就是那五分思念了，彼时，东坡在密州，子由在齐州，业已七年未见。

"落地"的苏东坡亦得陶陶饮酒之乐，荦确坡头路上，也铿然曳杖而行。夜饮东坡三更醉归，敲门良久童子犹眠熟不应，那就倚杖听江声。惠州枇杷正熟，且携一壶桑落酒、一条鲈鱼去寻詹使君。他家的槐叶冷淘和藿叶鱼最宜佐酒，管他冬之余、夜之余、阴雨之余，醉饱高眠才是真事业。

诸如此类，好酒的苏东坡定格成了一个影像——"几时归去，作个闲人，对一张琴，一壶酒，一溪云。"

与大多数文人只知浑喝不同，东坡喝过的酒多有名号。除却与詹使君喝的桑落酒，还有以黄柑酿就的酒名为洞庭春色，炼松脂所酿的酒名为中山松醪，给拨雪披云的蜜酒取名真一，以桂花浸渍的酒名为桂酒，又有天门冬酒、罗浮春酒、万家春酒……

桑落酒为黍米酿就的古酒，似乎北魏时便有了，《洛阳迦蓝记》里赞它"饮之香美，醉而经月不醒"。按《齐民要术》的说法"十月桑落，初冻则收水，酿者为上"，命名桑落大概只与季节相关，是一个时间概念。时间又逐渐将"桑落"演变为美酒代名词，比如杜甫的"坐开桑落酒，来把菊花枝"，白居易的"桑落初香尝一杯"，陆游的"霜清桑落熟，汤嫩雨前香"……诸般美酒皆"桑落"。

东坡饮桑落时在惠州，知州詹范是一位仁厚君子，对他照拂有加，时常携了酒食来寻他。二月十九这日，他得了白酒、鲈鱼，便提拎着来了詹范家中。东坡的桑落酒是"初尝滟玉蛆"，一开坛，端的是酒花潋滟如玉蛆。大概宋人饮茶喝酒都尚白，浮沫洁白丰盈才是上佳。好酒还得配好器，詹范家中有垂莲盏，便借来痛饮一番。二人当时一个六十一岁，一个五十四岁，两个白头翁相对而坐，正是三分春色一分愁，休夸少年风流。

然好酒未必常有，东坡于是起了酿酒之念，"欲求公瑾一困米，试满庄生五石樽"。这里的"公瑾"也代指詹范，而"五石樽"应典出于庄子的"五石之瓠"。"瓠"就是葫芦，这个容积五石的大葫芦原本是惠子所种，他却因盛水盛浆不够坚固无法提起，而剖开做瓢又太大无所容纳，以至于将它砸碎了。终是庄子晓悟，告诉惠子可以"为大樽而浮乎江湖"。哈，东坡就欲酿美酒来斟满这可以漂浮于江湖的五石大樽。

他在惠州酿起了真一酒。真一酒只用白面、糯米、清水三样，酿成后酒呈玉色，有自然之香，堪与驸马王诜家的美酒碧玉香相媲美。他先以上等白面和了卉药，发酵后做成小饼，蒸熟后用篾条穿了挂在通风处，两月后方可用。这大概就是酒曲了。卉药都有哪些，他并未具体言明，我猜想大概同我祖父做酒药用的辣蓼草差不多。后来，果然在清代屈大均编的《广东新语》里翻到，岭南的酒饼所用卉药多为"山桔、辣蓼、马蓼之属"。

真一酒的酿法如下：糯米蒸熟，用清水过一遍控干，将酒饼捣碎加入其中拌匀，再入瓮拍实，在中间摁一个如碗底般的小窝，便合上盖静候几日。东坡称小窝为"井子"，井子里隔三两日便会有酒汁溢满，这是"酒之始萌"。又将这酒之萌预留少许，其余都舀了醅于米面上。如此等井子里酒汁再溢满，就用刀划开，再将新蒸熟的糯米饭掺进去，再摁出新的井子，再候酒熟。

居然同祖父酿糯米酒别无二致。

不对，或者应该说，祖父们造糯米酒都是沿用东坡真一酒法。此酿酒法不独岭南一带，我去儋州时曾喝过一种山兰酒，怕也以此法酿就。山兰酒呈琥珀色，佐海鲜最佳，鲜甜得直想唱歌。湘南的蓝山和嘉禾一带有倒缸酒，就在此酿酒法的基础上，将糯米酒密封严实后再深埋地底，经多年发酵，酒液黏稠，比普通黄酒醇厚许多。更有人将酿好的倒缸酒放在新鲜牛屎里，渥堆发酵半年余再起出来，称为牛屎酒。酒色也褐黑如牛屎，味道更是稠而厚，喝完半天上下唇还黏糊着，后劲也足。

得其法后，再来看看东坡的《真一酒》：

> 拨雪披云得乳泓，蜜蜂又欲醉先生。
> 稻垂麦仰阴阳足，器洁泉新表里清。
> 晓日着颜红有晕，春风入髓散无声。
> 人间真一东坡老，与作青州从事名。

酒浆似乳泓，经拨雪披云而得。入口明明甘甜如蜜，几杯过后便颓然欲醉。直至隔天晓日拂面，脸上竟犹带红晕，大约昨夜一度春风入髓，虽早已无声逸散，终是留下了一些端倪。人们纷纷猜测此酒应是东坡先生所造的真一酒了吧，实在当得起"青州从事"之名了。

不过，对真一酒的秘方，东坡却另编了一个神话故事。在某一个月色如霜的夜晚，友人邓道士来叩门，他身后还跟了一个身披桄榔叶，手携斗酒，丰神英发如吕洞宾的仙人。就座后，三人各饮数杯，击节高歌。酒酣歌毕，那人由袖中拿出一本书给了东坡，说是真一法及修养九事，书末云"九霞仙人李靖书"。书既已赠，仙人自洒然而去，东坡真一酒自此现世。

引来仙人的邓道士叫邓守安，是惠州罗浮山冲虚观的

道士。这位邓道士除道法高深，还有一样殊异之处，足迹
长达二尺有余。老苏曾将家酿的罗浮春赠给隐居罗浮山中
的邓道士，谁知他独自一个人也喝得酣畅淋漓，竟在山间
松石下睡着了。童子四处寻不见，直至月上中天，山际传
来一声清啸。老苏因而想起韦应物笔下全椒山中的道士，
"落叶满空山，何处寻行迹？"不同的是，韦应物的道士
友人持一瓢酒也寻不见踪迹，而邓道士是独醉卧松石，月
夕闻清啸。老苏便也书一纸《寄邓道士》，末了两句"聊
戏庵中人，空飞本无迹"，既取笑他好酒贪杯夜阑清啸露
了形迹，也暗笑他两尺许的足印终是有迹可循。此罗浮春
是否便是老苏在惠州所酿真一酒，已经不得而知，但无论
真一酒抑或罗浮春，都并非老苏首次的酿酒尝试。

他的酿酒"处女作"，大约是在黄州所酿的蜜酒。蜜
酒酒方得自于西蜀道士杨世昌，以沙蜜一斤、糯饭一升、
面曲五两制成，绝醇酽，开瓮能香满城。

老苏最后一次酿酒在儋州。元符二年岁末，天门冬正
熟，老苏便采了来酿起了天门冬酒。酒瓮就搁在床头，待
到次年正月酒香溢瓮，他便拨开瓮盖，"且漉且尝"，终
至大醉，竟浑然不觉身在何处。

明代高濂编写的《遵生八笺·饮馔服食笺》中记载了

十个苏东坡

天门冬酒制法：

　　醇酒一斗，用六月六日曲末一升，好糯米五升，作饭。天门冬煎五升，米须淘讫，晒干，取天门冬汁浸。先将酒浸曲，如常法，候熟，炊饭适寒温用，煎汁和饭，令相入投之。春夏七日，勤看勿令热，秋冬十日熟。东坡诗云"天门冬熟新年喜，曲米春香并舍闻"是也。

　　从黄州到儋州，老苏近廿载的酿酒尝试中也有失手的时候，是"曲既不佳，手诀亦疏谬，不甜而败，则苦硬不可向口"。

　　不过，虽好酒也好酿酒，老苏饮酒亦有节制，向来"饮酒不尽器"。

　　如此，可证我称他"古今第一好酒之人"所言非虚了吧？实在他自己也说："天下之好饮，亦无在予上者。"

壬寅仲秋

夜　航　船

　　《西湖梦寻》中有一篇《苏公堤》，无非苏堤前生后世，算不得陶庵好文章。唯写东坡先生春日约客西湖，极欢而罢列烛以归的盛事时，作者浑似无限向往，直道："旷古风流，熙世乐事。"我姑妄猜测，陶庵大约是东坡的崇拜者。这话一出，自然有人要驳我，千年来坡翁"门人"自是翕然从之，何止千人，岂能仅凭一篇文章一句话就判定陶庵也塞乎其间？

　　若要"凭据"，《西湖梦寻》里自不消说了，简直可踏着东坡足迹赏风清月白，随手翻《夜航船》亦可捡寻许多。

"不过是一些文化轶事辑录而已，有苏东坡不足为怪。"这个声音嘤嘤的，仍旧来责我，几乎可以看到半天里一双白眼。

便观"夜航船"。每至夜航船中，必得是风清云疏朗，林下漏月光，雪亦妒的良宵。范蜀公飞英会饮醁醆酒，陶渊明停云思亲友，郑玄家有读书婢，淮南王字字皆挟风霜之气，庄周逍遥化蝶而去，太白施施然而来，风度须如张九龄，东坡爱作蕉叶饮……这便是夜航船一程程的水路。你谈兴尚好，我亦来伸脚，橹声水声人声，一位位古人或坐或卧或立，冲你微笑眨巴眼。你听迷了，以为真与他们面对面，不知东方既白。

陶庵惯常倚在角落笑而不言，只偶尔做个小僧，调侃下李林甫，与佛印一辩。他见每一位先贤均颔首微笑，唯独面对东坡时，立时正襟危坐抚平衣褶长作一揖，方长跪垂袖恭侍一侧。并非我杜撰，先生凡语及苏子必言辞极恭敬。

"文与可画竹，是竹之左氏也，子瞻却类庄子。"

"苏轼任翰林，宣仁高太后召见便殿曰：'先帝每见卿奏疏，必曰：奇才！奇才！'因命坐赐茶，撤金莲宝炬送院。"

夜　航　船

…………

凡此种种，涉及东坡篇目足有数十条，篇篇如遇高士。陶庵如何看待旁人呢？欧阳修撰五代史两则便可见一斑。

一则"为妓詈祖"，说的是欧阳修与钱惟演因为一妓生出罅隙，作五代史便诬钱族武肃王重敛民怨。评价曰：睚眦之隙，累及先人。

一则"五代史韩通无传"，是苏轼与欧阳修对话，修自认五代史可传后，源于他"善善恶恶之志"，而苏子认为韩通无传便不能称其为"善善恶恶"。

两则真可同读，两人修为高下立判。轶事自然不可全信，作文学一观即可，而能见陶庵对苏子态度。

至此，我或可拍案定论了——张陶庵爱苏东坡啊。

回头来说，单单以《西湖梦寻》《夜航船》里关于苏子篇目便下此结论，当然为时尚早。既然已经将二位生拉硬拽到一起，我便再往里凑合一二。

古代散文自来都大，一副老学究模样长久地冲你嘚吧嘚吧嘚吧，连庄子都不例外，看得多竟觉面目可憎了。老苏偏不，辞赋都写得蕴藉，杂记小品文则从容舒展得如山际一停云。尺牍最好玩，尽是日常的可爱，隔纸都可见他作势朝你使鬼脸，笑一声"呵呵"。

陶庵便将他这些蕴藉从容舒展好玩可爱尽得了去，一派天然，又妩媚又清澈又繁华又简寂。譬如，《燕子矶》《天镜园》之于东坡《记游定慧寺》，《乳酪》《方物》《蟹会》等之于《老饕赋》，《湖心亭看雪》之于《记承天寺夜游》……陶庵文章里，一直隐着一个闲人，此人名曰苏东坡。或说，东坡更恣肆，陶庵更摇曳，繁华与寂寞是一样的。

东坡《前赤壁赋》云："肴核既尽，杯盘狼藉。相与枕藉乎舟中，不知东方之既白。"陶庵《陶庵梦忆·西湖七月半》："月色苍凉，东方将白，客方散去。吾辈纵舟，酣睡于十里荷花之中，香气扑人，清梦甚惬。"这是东坡与陶庵的夜航船。

江山风月，本无常主，闲者便是主人。东坡是闲人，陶庵亦是。

今日春阳恰好，隔窗晒着，眯缝着眼趴窗台上将自己晾成一床被褥，眼睫毛上尽是光晕，皮肤都暄和得有了阳光味道。

那么，陶庵先生，就道一声"春祺"罢！

了却几卷残书

今日雨水，未雨。借着岁时节令纵容自己犯懒，将工作丢开，泡了壶寿眉读书发呆。日子不动声色地就走了，倏忽而已，就至暮了。低头一看，书页上的字也不是那么清晰了，连字都老了。终究有一天我也将老啊，就着暮气了却几卷残书，也是好的。

"了却几卷残书"是朱熹的话。陶庵《夜航船》里有一则"了却残书"："朱晦翁答陈同父书：奉告老兄，且莫相撺掇，留取闲汉在山里咬菜根，了却几卷残书。"

因为程朱理学，从来厌朱老夫子，以为他日日板着一张脸孔来说教。读此段方知，原来被数代帝王捧上神坛啃烤乳猪的朱子，竟也是如此可爱人啊！

前一阵被邀去四处讲座，讲李白、白居易、苏轼、陆游，也讲陶庵。"陶庵是谁？"我告诉大家是绍兴人，他们都没听说过。其实我在绍兴的街头巷陌问时，他们也不知道。我说："陶庵有个梦，终其一生来圆。"

陶庵自幼是天才，六岁跟着祖父往杭州拜谒陈继儒（号眉公）。陈眉公指着屏上的《李白骑鲸图》考他对子："太

189

白骑鲸，采石江边捞夜月。"他旋即对出："眉公跨鹿，
钱塘县里打秋风。"彼时，陈眉公正跨角鹿游钱塘。

　　陶庵的梦是读书人的梦，假托晋人张华误入琅嬛福地
故事而言己志。琅嬛福地是一处洞府，精舍里藏书万卷，
又有痴龙守护。张华本是爱书之人，家中藏书甚富，洞中
书籍却见所未见，恨不能真成蠹虫终日以书为食。只这样
祯祥福地终究如桃花源一般，走出来之后便无迹可寻，只
好摁进念想里成了一个梦。张华、张岱同一梦。

　　陶庵偏又自称败家子、废物、顽民、钝秀才、瞌睡汉、
死老魅，他爱繁华，爱世间所有美好的事物，爱到除了做
着书蠹诗魔只专注于生活。与闵老子一起品茶论水，雪夜
独自往西湖湖心亭看雪，以茉莉花窨日铸茶而创兰雪茶，
为友人茶馆取名"露兄"，还作《斗茶檄》……

　　这些种种都被陶庵写进了书里，鸡鸣枕上，夜气方回，
用大半生来圆那个梦，国破家亡亦不堕其志。从高堂深院
鲜衣美食一跌而至山林野地布衣蔬食，临老了还自个儿舂
米担粪。不单于此，家中三世藏书三万余册也遭殃及尽数
散佚，便埋头以秃笔蘸着缺砚墨迹，不停书写。临老自作
墓志铭，曰："劳碌半生，皆成梦幻。"其实何尝不是耽
溺于书蠹的梦里不肯醒呢？

夜 航 船

陶庵文字如修竹敷冰雪，空灵而轻盈，一展卷便满纸烟岚，咀嚼则若啖冰瓜雪藕清凌而生香，你或会再忍不住地想抚几抚，原来还有包浆啊！

他又偏跳出这些冰雪文章之外，仿佛仙家看人世，只拿清风玉露点点洒洒，自家心性不愿倾泻几许，连家国之殇亦不在意。人们恐将诘责他的没心没肺吧，实则他一直浸淫在晚明的繁华旧梦里呢，何尝醒来？经得了年轻时无比的繁华热闹，才可守得住老迈后的凄冷寂寥。陶庵终究是心性单纯之人，散淡地活成了一个八十岁的老头儿，唯守住了那个梦。琅嬛福地总是回不去了，他便"造"出一批可充塞福地的好书。《石匮书》《义烈传》《琅嬛文集》《明易》《大易用》《史阙》《四书遇》《梦忆》《说铃》《快园道古》《西湖梦寻》《一卷冰雪文》……小品文、笔记、传奇、杂剧、史学，仅一部《石匮书》便是二百二十卷的皇皇巨著。

我常思忖，陶庵必是一位好玩而温柔的老头儿，会冲你慧黠一笑，要你附耳过来悄悄告诉你："陶庵梦有夙因，便是那'琅嬛福地'，有丘有壑，有古木幽篁，精舍有书有琴，可坐、可风、可月，我便住下了，了却几卷残书。"

阿 奴 火 攻

小寒已过，南方的湿冷也有些微侵骨了，只仍旧未下雪，园子里的梅花含苞月余总不见开。大约无雪开得亦没有生趣，便懒了。

天冷且懒，又延绵落了两三个月雨，连出门的兴致也没了，最好是拥被读张岱。我倒想抱炉来着，如今鸽子笼里住着，灰烬余星也不见，总不能有儿时姊妹几个炉灶旁簇拥的暖。火光由灶膛里映入眼底，便循着这"入口"奔突进了血脉一般，由脚底到头发丝都畅快地要呻吟。一壁灶火烘着，一壁听祖父讲故事，饿了便扒拉出先前埋在灶灰里的红薯，拍了灰剥了皮，吸嗉着吃下肚，肠胃都被烫得熨帖了。暖和了便昏昏欲睡，祖父就讲故事，又听得双目圆瞪舍不得睡。成年后，儿时炉灶旁的故事往往在书里遇见。

今日读的是《夜航船》，书里便遇见许多炉灶旁的故事。如曾参杀人、庄子鼓盆而歌、吐谷浑阿柴折箭训子种种，都是祖父留下的念想。

这些典故也曾在其他书里读到，却不曾如此密集地真如灶旁听故事般一则一则缓缓道来。儿时不甚了了的因由，此刻方来反刍，竟都豁然开朗。如他另一本《四书遇》序言里那句"间有不能强解者，无意无义，贮之胸中，或一年，或二年，或读他书……触目惊心，忽于此书有悟，取而出之"，真是他日邂逅，而成莫逆！

那时总不懂庄子为何在妻子过世后反箕踞鼓盆而歌，又听过祖父讲《劈棺惊梦》，便认定这位先贤道貌岸然。如今再遇，竟在这桩事上将庄子引为知己，生死尚能通达，还有何事不悠然？

又有一则"火攻伯仲"，儿时如何也无法明白，兄弟姊妹间怎会相互嫉恨？原文录下：

> 周颛弟嵩，因醉詈其兄，曰："兄才不及弟，横得重名！"然蜡烛投之。颛颜色无忤，徐曰："阿奴火攻，诚出下策。"

若我记忆无误，故事该原出于《世说新语·周颛传》。这周颛就是"我不杀伯仁，伯仁却因我而死"典故里的伯仁，两晋名士，丰神俊秀又性情宽厚。如此男子，我简直爱煞，但恐怕与他就近的同性就没有这样怜爱他了。因为与他相比，如何都会显得自己低微，便有了他亲兄弟周嵩的火攻下策。周嵩小字阿奴，借醉酒将素来深埋的嫉恨爆发了出来，以至于点燃蜡烛扔向伯仁。伯仁只微微一笑，缓缓道一句："阿奴火攻，诚出下策。"其宽厚可见一斑。

写到此处不免思量，须与张宗子（宗子为张岱字）商榷一二。嫉恨是源于他人太优秀还是自身少信心，抑或心性太窄？恐怕后二者居多吧，因嫉妒而变得让人瞠目结舌的人与事层出不穷。且嫉妒往往源于切近，远了倒成了怜惜、向往乃至崇敬。比如阿奴之于伯仁，比如王熙凤之于尤二姐。阿奴断不会妒王导、谢安他们，倒慕他们的清峻风流、烟云水气。这仍旧是距离因素。

电影《东邪西毒》里西毒欧阳锋有一句极经典的话："任何人都可以变得狠毒，只要你尝试过什么叫嫉妒。"嫉妒果然不是好东西，让亲者生罅隙，疏者起怨念，有了怨念离狠毒也不远了。

《幽梦影》里张心斋又有言："才子遇才子，每有怜才之心；美人遇美人，必无惜美之意。我愿来世托生为绝代佳人，一反其局而后快。"我想了半天，似乎常见文人相轻，谩骂腹诽使绊子，这一派诗人与那一派作家争得牙龈出血。莫非还算不得才子？我见美人总起怜爱之意，恨不得一天三见，与她品茶，饮酒，扯闲天，聊男人。是自己不美，想掠人之美？来世也让我托生为绝代佳人吧！遇个美人妒一妒。

陡然生起一念，在我看来宗子才学实在比心斋高妙，若他二人比肩，心斋会使"火攻"之策不？

呵呵，一笑。

且待小僧伸伸脚

夜来闲翻《快园道古》和《夜航船》，读到两则与僧人相关的小故事，一个人在屋里几乎笑翻了，隔一阵想想继续再笑，夜气里都有窃喜。若身边有人，我定会置备一两样小菜，拉了他烫一盅小酒，嚼着秋菘冬笋就着这故事浮一大白。酒得是张陶庵家乡的老黄酒，取最鲜嫩的菘心笋蕈，这个人也得清雅，否则便对不起陶庵的好文字。

原文附上：

邱琼山过一寺，见四壁俱画西厢，曰："空门安得有此？"僧曰："老僧从此悟禅。"问："从何处悟？"僧曰："老僧悟处在'临去秋波那一转'。"

——"阿弥陀佛，色即是空，空即是色……"读毕，我竟连声诵出一串。哈哈，不风流处也风流啊！这僧人日日守着四壁西厢，只怕是一样撩拨得心猿意马，一旦见了崔莺莺黄莺莺杨莺莺，也魂灵儿飞上半天，叫一声"我死也！"

此其一。再又：

> 昔有一僧人，与一士子同宿夜航船。士子高谈阔论，僧畏慑，拳足而寝。僧人听其语有破绽，乃曰："请问相公，澹台灭明是一个人，两个人？"士子曰："是两个人。"僧曰："这等，尧舜是一个人，两个人？"士子曰："自然是一个人。"僧乃笑曰："这等说起来，且待小僧伸伸脚。"

小僧倒是高人，比老僧高，有见识，知敬畏，懂进退，不卑不亢。士子高谈，他拳足而寝；士子语有破绽，他设疑试探，士子是蠢货，他自然伸脚了。关于澹台灭明、尧舜这类笑话，我近来正好也遇见两桩。

青岛出差逛康有为先生故居时，一妇人指着墙上先生肖像画，向旁边人高声指点："看，这就是康有为，是个日本人画的，你看不是写了'端木蕻良题'吗？"我在一旁颇替端木先生抱一回屈，生怕他知道自己竟入了"日本国籍"，会气到从地底下跳起来寻那妇人理论。

我不是小僧，亦懒得伸脚，也就当作茶余饭后谈资一笑罢了。更不如陶庵，能写就清越字，更兼谦和性情，道一句"勿使僧人伸脚"。

陶庵是妙人，年少时，中年后，乃至如今都得算天底下第一等。若确乎有人伸脚，必不是那小僧，是所谓正人君子之流，或前文里老僧之属。

抑或老僧也是性情之人，心上念着俗世之爱便张挂满壁西厢，不比所谓君子一脸的道貌岸然。我只不满意老僧好色便好色，偏说"从此悟禅"，显见得口不对心，慧黠至了油滑。我这般武断，怕会被诘责以小女子之心度高僧之腹。不是还有高僧背女子过河，过了便放下吗？那确是高僧，目遇色而不见色，"放下"其实在背之前。而日日对西厢的老僧，怕是从来不曾放下，如何悟禅？

我原鄙陋，总不敢作士子高谈状，亦不愿如老僧狡黠虚伪，更做不来伸脚小僧。"但勿使僧人伸脚则可已矣"，此心倒与陶庵等同。

不如读书。在月黑风高、雪夜皎然或正午晴窗，嚼鲜味酌甘醴，读值得读的书，《快园道古》《夜航船》都值得。自然，再有一如陶庵般的有趣好玩的男子就圆满了。君不见当今许多文艺女青年、女中年都哭着喊着想回到明清，只为嫁张岱呢。

丙申年，时在季春

执
简
记

疗 妒 羹

"小青，小青！"

并非白娘娘唤青蛇，是昆曲《疗妒羹》的小青自唤画里的"小青"。

小青对着自己的画像连唤两声"小青"，一恸而绝。

而我正读的是张岱《西湖梦寻》里的《小青佛舍》，竟平白生出一些苦。苦并非由口入胃，也不是从胃里翻出来，浑然是由眼底苦来，径直牵绊了心底。那份苦味也不如西药一样冷漠，不是中药的浓稠，有胃里吐尽了苦水倒逆之感，酸楚而苦。眼底也是如此，无泪，兀自苦着。

停一歇后，觉得讶然。当初读《虞初新志》里的《小青传》时，并未读出苦味，怎么读陶庵短短数百字竟苦了呢？似乎小青就在跟前，更深灯残，她坐在幽暗影里声声唤自己，我隔着人间事在这一头怅然。

小青是谁？小青是扬州人氏，一位伶仃女子，于孤山佛舍伶仃逝去，生亦伶仃死伶仃。小青大约姓冯，因与夫同姓而避讳，世人只唤"小青"。

小青早慧貌美，十岁时遇见一名老尼口授心经一过成诵，欲收为弟子，被母亲拒绝。年渐长更工习诗词，妙解音律，被杭州冯生纳为小妾。谁知正室夫人奇妒，百般欺凌，又将小青弃之孤山佛舍。她便日日只临池自照，幽怨积胸郁郁成疾，靠梨汁续命。觅画师写照后，连呼"小青！小青！"恨恨离世。

小青的一生笼共只这百十字罢了，偏人们可敷衍出许多典故。早慧便福薄，红颜则薄命，命理根由早已埋伏千里，才华更是催化剂，小青命苦简直是必然的。大妇善妒身受欺凌抛弃之苦，佛舍孤单又起自怜之哀，病是难免的。偏生还有画师再三再四画像之事，因为美丽好摹，纤弱难描。梨汁续命、梨酒供画何尝不含有深意？梨即离，小青之死也是难免的。唉！

我若行在晚明的风月里，大约可以眼见得一边是西湖游人如织，一边是孤山佛舍海灯惨淡，昏灯下唯有对画像自唤，两相对照，怎不自苦？小青，小青！

小青死后，大妇"闻其死，立至佛舍，索其图并诗焚之，遽去"。唯有陶庵，可浅浅数字巫写妇人恶毒，"立至""遽去"几乎可见大妇面目狰狞之状，连死人也不放过。

在人们敷衍出与小青相关的许多典故里，有一本杂剧《疗妒羹》便由大妇奇妒视角落笔。《疗妒羹》里小青不姓冯，名唤"乔小青"，其间一出《题曲》尽可以见小青自唤的伶仃。

整出戏她一个人孤零零地从头唱到尾，背景是冷的，唱词是苦的，念白一句句都是寂寞的，雨滴空阶，愁心欲碎。只戏里小青并非对画像，而是读《牡丹亭》，读一章羡一重泣一声，声声俱是啼血哀伤，更眼见得四壁如秋。

曾在苏州听过一出《题曲》，年深月久早已忘记是谁唱，台上小青那般寂寞如仙，却将我攫住了，长久未走出来。想来她亦是为杜丽娘和柳梦梅攫住了，将自己幻化作了杜丽娘。丽娘那里唱"袅晴丝吹来闲庭院，摇漾春如线……"，她这厢已然姹紫嫣红良辰美景。同为"锦屏人"，杜丽娘病死于春梦，乔小青"空负俊才，竟遭奇妒"，一样的"韶光贱"！杜丽娘尚有个柳梦梅，为她声声叫画，将一个死三年的游魂也"叫"活转过来。戏终是戏，待那些虚幻一点点褪去，小青终究一个人守着晨钟暮鼓孤灯佛像，寂寞望不到头。寂寞的人也不宜读《牡丹亭》，徒增嗟叹。

我看过全本天香版《牡丹亭》，却并未听过全本《疗妒羹》，杜丽娘和柳梦梅的大团圆结局终究慰藉了我。而《疗妒羹》生造出一对杨不器夫妇，在杨氏的斡旋下，小青成为杨不器小妾，连那悍妒大妇亦觉羞愧了。如此来看，《疗妒羹》也终于"团圆"，我却偏觉得那团圆不如不圆。任世间多好女子终是男人附庸，无法可想。

再来聊这"疗妒羹"。古书中真有相关稗官野史，《山海经》里言轩辕山有一种叫仓庚的黄鸟，可食之不妒。又据说梁武帝的皇后好妒，于是梁武帝就叫人以仓庚熬汤给皇后喝，似乎有效。《红楼梦》里呆霸王薛蟠遇上悍妒妇夏金桂，宝玉寻王道士给开了一服"疗妒汤"："极好的秋梨一个，二钱冰糖，一钱陈皮，水三碗，梨熟为度，每日清早吃这么一个梨，吃来吃去就好了。"

这些疗妒羹汤自然只能聊作笑话，可用以衬小青之怵。

《小青佛舍》末了还附小青《拜苏小小墓》一首，中有一联"杯酒自浇苏小墓，可知妾是意中人？"人们游西湖时，可在西泠桥头得见一冢精致浑圆的墓，又有一架小小的六角亭来遮蔽风雨，六根亭柱撰了十二副联。这是苏小小墓，六朝金粉尚留一座青冢。只人人又都未见得，过了西泠桥，距苏小小墓不过百余米一个小角落的草丛里，便是小青墓址。没有墓冢，亦无墓碑，只有后世的柳亚子先生所题碑记，在一块小小的石头上篆着。

小青终是寂寞的，她在那边咿咿呀呀唱："一任你拍断红牙，拍断红牙，吹酸碧管，可赚得泪丝沾袖。"——不忍说。

不 嫁 张 岱

昨夜下了一阵雪，只菲薄地撒些盐粒子般，还撒得极小气，未到午间已消融无迹。我知道江南的雪落得纷纷扬扬，譬如绍兴，运河边的老桥老屋子都敷了一层雪白，傍晚灯映着，慈悲而多情。

今日腊月十四，有月，只不知会否如当年张宗子在龙山，见"明月薄之，日不能光，雪皆呆白"。以我想来，宗子更恋西湖雪，天地清空，最宜他的孤独。说他孤独，大约与他同登龙山的马小卿、潘小妃们要呵责了："咄，竟敢妄议张宗子？"甚至，不单单她们，当今一些文艺女青年、女中年、女老年恐怕都会一并跳起来诘难我。并非我此话真有罪过，是她们都做一个共同的梦——若生在明清，只嫁张岱。

我只想着，亏得这梦无法达成，否则一窝蜂蝶涌上来，宗子岂不要遁地而去？

"要嫁张岱"的这些并非俗女子，有著名作家，更有兼着作家名头的最后名媛，才情家世与宗子匹配，也可娶得了。

宗子自言少纨绔，爱繁华，游园、听曲、看雪、待月、说梦，凡所不好、凡所不精，最是天底下第一等好玩可爱之人。癖好太驳杂大约会令人畏而远之，殊不知千百年来我们见的多是端着面孔言语无味的男人，好玩的倒不够用了。宗子也曾说："人无癖不可与交，以其无深情也。"这便是当世才情女子都欲嫁宗子的第一因由吧。可她们都只见得热闹，忽略了宗子的孤独。他仿佛深陷繁华，其实即便观灯、听书、打猎这等俗事，终了也寂寞至快刀利斧斫过一般，寒光犹在。人都说宗子文章句子快，却甚少见到他行文里一声断喝背后的孤独。张宗子的繁华热闹是扬州二十四桥的风月，有纱灯百盏，就有烛火余烬。恁谁也

执　简　记

无从真正走近宗子！

　　此话一出或又将招来无数腹诽明诽："莫非只许你嫁？"呵呵，我若生在明清，断不嫁宗子。我偶尔反省，认定自己是第一乏味之人，终我之力，即便跌跌撞撞也无法跟得上宗子一二步，怕会跌至鼻青脸肿，难返楚地见乡亲啊！那些名作家、名媛们自然不比我的乏味，但其中能与宗子相携走红尘俗世、看阳春白雪之人，怕也难拣出一个来。她们看得《西湖七月半》，不一定愿大雪前往湖心亭；可同闵老子一同喝茶，却不见得能与王月生一起出游。张宗子不是沈复，她们也做不了芸娘。

　　我想说，张宗子并非温存的男子，至少不是沈复式的"宜室宜家"，拉了宗子做个蓝颜知己倒无不可。能享世间清福——

　　清馋。吃河蟹，制乳酪；秋白梨，花下藕；枕头瓜，独山菱……世间方物都一一寻了来，日为口腹谋。

　　清致。以茉莉窨日铸雪芽，茶色如透纸黎光；梦有琅嬛福地，可坐、可风、可月；学琴与人四张齐弹，如出一手；赏得了牡丹，听得来宁了（一种能学人言的鸟），看得了烟火，玩得来合采牌，闻得了佛门言……

　　清欢。出猎有顾眉、董白、李十们随侍，着戎衣御款段马，往来呼啸弄风；听戏亦有月生楚生，一个孤梅冷月，一个烟视媚行……

宗子看一切繁华皆是美好，设若嫁他，《西湖七月半》的月怕也会成为贫贱日子里的粗粮饼，吃会噎着，不吃挨饿。《红楼梦》里宝二爷说过，女子未嫁是宝珠，嫁了就成了颗死珠，光彩宝色都没了，再老就成了死鱼眼睛。宗子不也曾作此论吗？"二妾老如猿，仅可操井臼。呼米又呼柴，日作狮子吼。"哈，二位夫人未嫁时必也是仙一般模样吧？

宗子终究不是俗人，嫁不得也。若论古人里，几人可嫁？沈三白，男子无大志倒更宜生活；钱谦益，宁负天下人不负河东君；张敞，可走马章台，亦能闺房画眉；还有，苏子，王氏去后十年生死犹难忘。苏子的好玩不输宗子，乐观犹胜于宗子，上可陪玉皇大帝，下可陪田院乞儿，享得富贵，过穷日子亦是一把好手。我自爱宗子，但苏子才是几千年来最好的男子。

与宗子做知己，同玩乐，嫁还是苏子吧。

鸡鸣枕上，夜气方回，不嫁张岱。阿弥陀佛！莫怪莫怪！

今天来谈姑娘

今天一早就青天挂个白日，阳光艳帜大张，树冠上新发的鲜叶都晃着情意。所以，今天我们来谈姑娘。

有个叫冯唐（并非易老那位）的家伙说，姑娘和溪水声、月光、毒品、厕所气味等一样，都是一个入口。姑且不论这家伙此话是否有几分道理，现如今我是不大喜欢他了，我喜欢他年轻时的文字和样子。读他年轻时的文字，就如同大热天的傍晚，年轻的我们坐在街边吃超辣的烧鸡公——爽利。白天的余热蒸着，头发里、鼻尖上一颗颗凌晨露珠似的汗蹿出来。烧鸡公的辣从嘴唇到心里贯通一气，又再由内里逼出心火肝火湿热湿冷，率性用汗洗了澡。大功率的风扇呼呼地吹了塑料薄膜的桌布哗哗的。我们的青春也飒飒地飚着汗。

曾经那样清朗得跟今天的青天白日一样的人，竟渐渐猥琐了，跟他这几年的文字一样，明明色厉内荏，还偏摇头晃脑地一个劲嘚吧，每嘚吧一句都带脏字。我思念清朗时的冯唐，如同年轻时的自己。

一切美宁肯只活在记忆里。一如张宗子，好美婢、鲜衣、骏马……无一不繁华美好，然终究只留在梦里。王月生也是。

月生是美人，亦是宗子费笔墨最多的女子，《陶庵梦忆》里语及月生就有四五处，又有一首古风《曲中妓王月生》。月生到底多美？宗子言，南京一时有两行情人：王月生、柳麻子是也。余澹心《板桥杂记》说，有殊色，名动公卿。试想当时的秦淮河，有寇白门、顾横波、董小宛、李香君这许多艳名远播的女子，月生而能独得"行情"，该美至何等？

秦淮河妓坊分南市、朱市、曲中三等。而月生出身朱市，曲中上下三十年，绝无其比也。可见，这位出生低等妓坊的姑娘，几乎就是秦淮河第一美人。

以澹心之眼来看，月生是这样的——皓齿明眸，异常妖冶，"月中仙子花中王，第一姮娥第一香"者是也。

月生若仅仅以"妖冶"著称，我看也不足为诸多文人公卿久久称道。总是余澹心长年耽溺于坊间，凡见美人皆妖冶吧？

与澹心写尽秦淮名妓不同，宗子似乎独爱月生。月生在宗子笔下不是妓，是仙。

"面色如建兰初开，楚楚文弱""寒淡如孤梅冷月，含冰傲霜""蹴三致一步齐移，狷洁幽闲意如冰"……从这些词句来看，除了知其性情孤冷，仿佛并不能见美质。唯两处细节，真能让人惊为天人。

一写月生往闵老子家喝茶。闵家隔壁是一巨贾，这日曲中名妓云集，喧然填其室。月生喝茶间隙立于闵老子家露台，便这么淡淡一倚羞怯一瞥，隔壁一干名妓"见之皆气夺"，赶紧作鸟兽散躲到其他房间去了。

一写月生冷僻。一位公子与月生同寝食半月却不曾听得她开口说半句话，一日见她口中嗫嚅，仆佣异常惊喜，立马跑去报告，竟以为祥瑞。等公子回来再三恳请开声，月生只道了俩字："家去。"

这样的女子不是仙是什么？凡间有几人能得这般清奇气韵，全无须言笑便可夺人，比鱼玄机笔下西施"一双笑靥才回面，十万精兵尽倒戈"犹胜一筹啊！读这两段，真真连我一介女子也生出倾慕心，想匍匐在泥淖里，看云端月生。

我自小有个病症，见到美人就花痴，一发痴便魔怔不会讲话了。我身边亦有美人，一位是长我十余岁的表姐，一位是与我年龄相仿的表婶，两位的美分庭抗礼，一位美得一股兵气，一位美得妍润。夺人的表姐是前花鼓剧团当家花旦。我小时候看表姐，如一朵娇媚的黄玫瑰开得正好，即便阴雨愁云也可看得人心里骤然晴亮，潋滟得有了声音。表婶的美是深冬里的水仙，一袭清幽，还裹着暗香。但她二人如何美也终究是凡花，月生不是俗尘花，是天上月，花有万种，月终归止一轮。月亦清冷，即便皎皎也是孤寒的，无须艳姿、无须频笑、无须绰约，乃至无须言语，就是出尘仙子。相比起来，曹子建的洛神犹显得雍容堆砌了。

能将妓写作仙，唯有宗子吧？张宗子心底里有对女子的疼惜。

如此疼惜不单单对美人，比如朱楚生便容貌一般。然楚生风姿，连绝代佳人也无法同其媲美，那般摇扬无主，烟视媚行，可看得你心也化了。

月生、楚生都在最好的年华夭折了，楚生为情而死，而月生几经辗转，为张献忠所杀。

无论是将头置于盘中被将士围观还是被刺死，月生总是在最好的时光里以最惨烈的方式离开了。宗子并未写月生的结局，想是心有不忍。

就在最美的时候告别吧！姑娘。

待 月 生

今日十五，天清气朗，晚饭后便泡了"月光白"，待月生。月光白须就着白月光来饮，方不致折了这样的好名号。

月光白算得上白茶中最独特的存在，普洱茶区的大叶种，自然萎凋，轻度发酵。圆融了普洱和白茶的茶气，又得乌龙长韵，有遗世独立的气质。大约因为形制好看，上片白，下片黑，犹如月光照在茶芽上，由此得名。又因为香得缠绵，还有个名字叫月光美人。月光白实在不是美人香，是一片白月光，清澄得很。

我深啜一口月光白，眼前竟似有幽渺微光释出，欲寻时，它又一纵即逝。直至几泡过后，月上中天，茶气里渐浮光霭霭，与月的皎白一同清泠泠泻出。果然，月光白须待月生。

"月生"亦是人名，姓王，字微波，陶庵先生最喜爱的女子。"月生寒淡如孤梅冷月"，这是陶庵的话。

我抬头看看渐生的月，寒淡，有清光，与冬杪的天气相宜。月光白也有清光，由眼底而入鼻息，唇齿而入喉舌，到肠胃里滚了几滚后，便通体有光了。也分不清是光抑或香,只觉得让人舒泰。想抻了手臂手掌将这光或香挽住,它们偏像月光一样,寻了一丝缝隙便可逃逸,遁去时还有风,想来是夜里的风也寻它来了。

月生的冷里亦有清光,挟了风来,让局促的人更局促,狎亵之人报之羞赧。

月生出身秦淮河的朱市,却成为秦淮风月之首,与说书人柳敬亭同为南京"行情人"。月生即便"眠娗羞涩"独自凭栏,气质亦能夺人,众妓一见登时徙避他室。月生擅书画,解吴歌,仍旧不轻易开口。月生与陶庵好友闵老子相契,便是大风雨、大宴会,也必得至闵老子家啜茶数壶才走。月生……

就是这样一个女子,让对女性施笔悭吝的陶庵反复提及。陶庵将她比作茶,"白瓯沸雪发兰香,色似梨花透高低",大约就是他手制的兰雪茶的模样、色泽与香韵。汤沸如雪,香似兰,色比梨花白,不也是月光白吗?我们有理由相信,月生就是陶庵心中的白月光,淡然清冷,空寂疏离,在天上,也在心上。

同样一个王月生,余澹心《板桥杂记》着笔为"异常妖冶,名动公卿"。我原是极爱他记录的秦淮风月,一度起过早生三百年为须眉男子一访秦淮的念头。便不当宗室王孙乌衣子弟，只做个寻常书生，乃至在勾栏酒肆当个小二亦无不可。在那欲界仙都升平乐国，看惯织丽繁华，享尽艳冶流绮。及至读到余澹心写月生这一节，我竟起了厌憎，陶庵笔下寂寞似仙的月生在他这里简直被污糟了。若不是他字里行间"楼馆劫灰，美人尘土"的感伤，我怕是要避之如仇了。我自然无从知晓陶庵见"异常妖冶"四字时，会对余澹心生出怎样的嫌恶，他是冷僻之人，想来即便嫌恶也不屑同一个书生后辈辩驳。随他去吧，念及此，我也释然。

余澹心虽替这许多美人作记，心底仍旧当她们是妓，而陶庵则有着发自内心的疼惜与懂得。他看美人，如同百年后曹雪芹笔下的贾宝玉，王月生之冷清也似林黛玉。或说，红楼一梦里有陶庵梦影，细细寻来能得许多映照。

譬如，朱楚生与龄官。

同为伶人，又都戏好。楚生楚楚谡谡，龄官袅袅婷婷。楚生"孤意在眉、深情在睫"，龄官眉蹙春山眼颦秋水。楚生色虽不美，却即便绝世佳人也无她烟视媚行之姿；龄官呢，有林黛玉之态，大约也娇花照水弱柳扶风。

二人最相似处还在于深情。一日午后，楚生独自在幽暗林间哭泣，问她只低头不语，泣如雨下。而百年后，曹雪芹写龄官，亦是午后。蔷薇架下，用金簪在地上痴痴地画"蔷"字，被骤雨淋湿尚不知觉，将局外人宝玉都看痴了。陶庵并未写他见楚生哭泣时，自己是何情状，大约也形同宝玉，痴了一般。

一往情深的楚生终以情死。龄官后来如何，曹雪芹未交代，无非也是一个"情"字。

从来佳人多薄命，月生的结局比楚生更不堪。月生被父亲以三千金卖给了贵阳人蔡如蘅，张献忠攻破庐州时，又被掳去做妾。"偶以事忤献忠，断其头，函（一作'蒸'）置于盘，以享群贼"，这是《板桥杂记》里所述。

庐州人余瑞紫《张献忠陷庐州纪》里又有另一版本。张献忠见月生貌美，意欲污辱，月生大骂，被张献忠刺死。

王月生就这么香消玉殒。全是凄凉。

写《王月生》时，陶庵已七十有五，但仍只记得她"寒淡如孤梅冷月"。他未尝不知道她的死，只是不愿意写罢了。

张 岱 的 闲

若评最美汉字，在我的字典里，"闲"当列榜首。可"闲"

兄斜睨着眼懒懒地回一句："我原自在，要这劳什子作甚？"

闲兄是高士，如天上云、云中月，御风而来，月到门时，便得了一"闲"字。

"闲"总是仙家笔法，却又不是烟视媚行的女子，虽然一样有林下风气，一样的如月光淹然漫流，可女子终究柔了，是清隽小楷，少了逸笔。闲是庄子，不是老子，更不是孟子、韩非子。

孔子偶有闲心——"子之燕居，申申如也，夭夭如也"——这句大致意思是"孔子闲居之日，整齐而又舒和"。大约某个冬日，孔夫子居家负暄读书，偷得浮生半日闲，于是被弟子记录在册。《论语》里最闲的是"暮春者，春服既成，冠者五六人，童子六七人，浴乎沂，风乎舞雩，咏而归"。不过，这是曾点的闲，孔老二自幼家贫又逢乱世，自然立远志，即便后来携弟子周游列国，创儒家学派，终是操劳多于闲适。

屈指算算，诸子里真闲人只有庄子了，做自由之龟，游乐之鱼，栩栩如蝴蝶，夫人离世也鼓盆而歌。闲是像云一样，停在半空，像月一样跃入门来，是不知身为蝴蝶抑或庄周。

还有一等闲人是张岱式的。张岱字宗子，号陶庵，绍兴人。

　　明清之际真是好时期，文字里老子孟子朱子们几千年的正大端容，到这会儿忽然有些俏皮了，有些性灵了。张岱便生于这个时期。

　　张宗子的闲是繁华而寂寞的，像热闹过后心里空荡荡撞出的回声，一点点铺陈成梦。《陶庵梦忆》《西湖梦寻》《琅嬛文集》……都是他的闲梦，留待繁华过尽后犹来耽溺其间。他自做着富贵闲人，书蠹诗魔，好不风雅。即便后来时乖命蹇，仍游历山水间，无怨艾，无悲怆，写着空明的文字，直至死亡。

　　张宗子文字均由闲中着色，犹如冰雪，几乎无须细细咀嚼，仅凭直觉便可知其好。他的好，不是治世经纶的官家气质，也不算狂放不羁的布衣文人，他的好似庄周梦蝶，逍遥自适。

　　他爱热闹，愈热闹到烈火烹油愈欢喜。他也不去往前凑，自鲜衣怒马却只在一旁闲看。

　　七月半，他往西湖看人。于是，夜半里湖，小船轻晃，净几暖炉，茶铛旋煮，素瓷静递，与满湖鼎沸人气似乎隔了一个维度。等到众人散去，干脆酣睡于十里荷花中，在拍人香气里做一个清梦。

执 简 记

他听柳敬亭说书，听到筋节处，叱咤叫喊，空缸空甓皆瓮瓮有声。

他看美人，写妓女王月生竟如神仙中人，没有一些狎亵。月生貌美如建兰初开，又善楷书，画兰竹水仙。月生气质不俗，众女见她纷纷自卑躲避。月生交游高致，俗人亲近半月也得不到她一句言语，却与高士闵老子交游。这哪是写妓？竟仙似天上来人。张岱有贾宝玉心性，待女子亲而不狎。

大雪三日，他到湖心亭看雪。这夜，世人皆深居简出，飞鸟都不现身，恍惚有柳子厚绝句《江雪》里的意境，却又不尽相似。子厚的"灭"和"绝"，呈现出一片死寂，清峭已绝，唯渔翁的背影在江雪里遗世独立，于渺无人烟之境泰然自得。张宗子更自适，每一笔都疏淡清远，比之子厚，少了几分凛然，几分孤傲，而更多了一些仙气，一点痴气。

单只看"湖上影子，惟长堤一痕，湖心亭一点，与余舟一芥，舟中人两三粒而已"。"一""两""三"，寥寥几笔，轻轻浅浅一晕，一抹，一提，一挑，数点墨迹，一幅隽雅清旷的西湖雪景图轴轻轻展开，水墨的烟雪，清浅浮淡。天长地阔，亘古久远，渺杳清静，都在这"纸上"，而人何尝不是这浩渺中的蝼蚁草芥？置身其间，万般繁华靡丽谢幕，过眼皆空。

张宗子得算生活家，将日子过得这样繁花着锦寂寞如仙，难怪诸多女作家都发愿欲穿越回明清嫁张岱。

再来论，其实太白也闲，苏子也闲。太白是谪仙，苏子既可上天又可落地，正直而好玩，比张宗子更多些天真烂漫。但若闲至仙范，还是张宗子。

我想刻两枚闲章，一曰闲月，一曰寂寞如仙。

竟是残山剩水

寻山。

日前，循陶庵先生履迹游历杭州绍兴，生出许多感叹，对照书来读，益发觉得不复陶庵当时之越地。唯寻至吼山，方知陶庵祖父张汝霖先生所言"谁云鬼刻神镂，竟是残山剩水"实在非虚。我见这"残山剩水"，竟全体震悚，半天讶然无言，此刻回顾神游仍旧不免惊叹。

有山名"吼"，已殊为怪异。去绍兴之前，我脑子里出现的是挪威画家爱德华·蒙克那幅著名油画，蓝色的河流红色的天空，精神极度苦闷冲你呼喊的面目扭曲的男人。

执 简 记

陶庵《越山五佚记》有曹、吼、怪、黄琢、蛾眉五山，我一路寻过去，除了吼山尚留名，哪里还有其他山，向当地人打听也都不得而知。谈及吼山，他们却一致说"无可看"，连出租车司机都劝我莫费神跑那样远。"等到三月看桃花吧。"他说。

我并不曾读到陶庵赴吼山赏花，亦无从等到三月桃花开，我寻的是陶庵和陶庵的山，便仍旧自顾自拔腿去了。出了绍兴城，车行十余公里到皋埠镇，吼山村就在镇外一许里处，由山门外向里探果然一无可看。

陶庵说："吼山云石，大者如芝，小者如菌，孤露孑立，意甚肤浅。"我竟至连这等"肤浅"也不得见，兴冲冲而来，几乎就想败兴而去。随手捻根狗尾草玩着，竟撞见一面石壁一荡水，倒映在水里的硕大摩崖石刻"放生池""观鱼跃"简直将我毛细血管都唤醒了。陶庵的《越山五佚记·吼山》一篇虽不曾提及这处景，但沈三白《浮生六记》明白说了"石壁有'观鱼跃'三字"。"放生池"是陶庵外祖父的放生池吗？可他文章里写放生池在曹山呀。百思不得其解就不解罢了。我虽是循书而至，也不可尽信书。

石壁俨然就是刀斧凿出，与《越山五佚记》"曹山、吼山为人所造"一句算是对上了。间壁山谷又有小村，亭台游廊围在碧树翠竹之间，只寻不见路进去。"有长林可风，有空庭可月。……肯以一丸泥封其谷口，则窅然桃源，必无津逮者矣。"又对上了。既是世外桃源，还是不打扰为妙。万一回到魏晋，倏忽就是几千年，回也回不去了，可是大不妙也。

我绕着村子走，隐隐地见有人踪，想想果真是古人也不一定，鼻息里竟觉得渺杳地嗅着了一股子仙气——其实是村里谷中的水汽。

陶庵又说放生池里有几百千万鱼虾，"大鱼如舟"，一口可吸进四个大西瓜，三白也言"水深不测，相传有巨鳞潜伏"。偏我绕着水池转了三四圈也不见一条三指以上大的鱼，再对自己道一句"不可尽信书"吧。

村庄，巨崖，深谷，河流。一池水，一座桥，一丛竹。鸡鸭鹅各几只。除却村里有远远的人声，此处复无人迹。

我一脸喜气地往前颠着，比傻大姐得了什么狗不识的玩意儿还得意。身侧有水声，鸟鸣，被踩踏的枯枝轻微的折断声，某一种夏虫闷闷的呻吟，风带起梧桐树大巴掌叶轻响……喜气简直一大团一大团地将我裹严实了。这样人流如织的旅游旺季，我捡着个杳无人踪的地儿，可不跟捡着宝似的吗？我的布包里装着一本 1985 年岳麓书社出版的《琅嬛文集》，一本 1984 年浙江文艺出版社出版的《西湖梦寻》，背了寻张岱来了，只无法将这宝扫拢来收进包里捎回去。

没几步，我的一团喜气更化为满心震悚。脚边有一块指示牌，上面用中英文写着"剩水荡"，石壁上镌刻的正是那句"谁云鬼刻神镂，竟是残山剩水"，这是"石宕"，也就是曹山。原来吼山、曹山竟是一母同胞的"兄弟"！

震悚并非是终于又"捡着"了曹山，而是这残山剩水。若说前面的放生池还可见斧凿痕一点点的展露，在这里，虽说还是人力为之，却干脆得像切豆腐一样，浑然果真有人擎一柄巨大的利刃，咔咔咔几刀下去，山便成了如此这般。

如此那般？"瑕者堕，则块然阜也；碎者裂，则岿然峰也；薄者穿，则岈然门也。由是坚者日削，而峭壁生焉；整者日琢，而广厦出焉；厚者日礲，而危峦突焉。"绍兴千余年的伐石历史，一代代石匠年复一年、日复一日地采凿，将这巨大无比、笼盖天地的石山，直如豆腐一般切削整齐，才有了这如阜、如峰、如门的峭壁广厦危峦。若非亲眼所见，我实在不致相信，这十数米高的峭壁会是古人手凿而来。

那年，张岱七岁，随祖父游曹山。祖父"盛携声妓"，同游的陶石梁先生戏作《山君檄》，讨伐"尔以丝竹，污我山林"。张汝霖先生则作檄文回答："谁云鬼刻神镂，竟是残山剩水！"

想来，他的心思无非反言之——谁云残山剩水，竟是鬼刻神镂。

这剩水荡略似连片的现代高楼，笔直挺立，唯与楼不一致的是每一座石厦还顶着一顶葱茏的树"帽子"，藤萝薜荔长长地垂着，蓊蓊郁郁。石下便是深潭，静谧澄澈，游鱼在水底亦不泛起涟漪，便在水面映出石厦另一组婉约的模样。或者石厦就是匠人们铸造的英俊无畏的壮士，石是他的铠甲，树是他的头盔，藤是他的旌旗，他就这么冷冷地睥睨着世界。除非低头去看那一潭清波，一低眉就温柔了。

水荡一侧的山石削割得如深井，又有石柱矗在前边，便如石门洞开，进去还有后人刻意放置的石桌石凳。我环视一周，竟又有了似曾相识之感，这便是琅嬛福地啊！此地存着的是陶庵书蠹梦，还是金庸大侠《天龙八部》里神仙姐姐的仙侣梦？

吼山如芝如菌的云石我也见了，少了石畔的水，果然意甚肤浅。我只是没弄明白，吼山为何名"吼"？莫非须得大吼一声？曹山又为什么姓曹？吼山村和临近的坝头村居民分明多姓陆，据说是陆游后人。

寻　墓

在绍兴时，正值大暑。日头一大早就肃着脸亮晃晃地悬在半天，噗噗地朝世界吐着火气。除了天边几朵看上去很好吃的云，大太阳和我之间连一丝风都没有，天地一片醇熟的热。我给自己鼓足了勇气，趿了双拖鞋，背上草编包，戴了草帽，拎一把蒲扇便出了门。蒲扇扇风也挡日头，眯缝着眼从蒲草织就的间隙里看阳光，似乎慈和了许多。

这日寻墓，王守仁、徐渭，还有张岱。

王守仁墓在会稽山阴，距兰亭不远，就在路边，依山势而在。墓冢端然浑圆，恰是灵明充乎天地间的正大，可仰天高，能俯地深，气脉丰沛。拜谒后，又缓缓绕墓冢三圈，方离去。

徐渭墓在印山越国王陵右侧，车至王陵即止，田间山路需步行。我未上王陵，下车独自往山径走。路边杂草丛生，头顶烈日炎炎，历来胆大如我，竟颇有些怯意，生怕猛地跳出一个贼人，要我留下买路钱。又将墨镜取下，恐草间钻出小蛇来，避之不及。只好佯作讲话，同草木讲，同天顶的日头讲，也同徐渭讲。终于，远远看见芭蕉，我知道就是这里了。

徐渭墓园不似王守仁那般正大端容，近前来，一丛修竹，几株柏树，老樟树撑开绿荫，一起簇拥着一个小园子，浑然有青藤书屋气息。

墓园门上悬着一把挂锁，并未落锁，便取锁推门而入。园内倒一派葳蕤，苍柏翠竹高树绿蔓，先生墓冢在中央，天顶的日头穿过树影，庭前斑斑驳驳。墓冢一围，青石垒砌，冢头荒草盈尺，墓碑题云："明徐文长先生墓"。清简寂寞得好。

先生一世乖蹇苦楚，作墓志铭尚道"可以无死，死伤谅。……可以无生，生何凭"，生死两处茫茫。身后终得安宁，怎么不好？

我不惧怪力乱神，而畏苦楚，终究稽首而去，且寻张岱。

张岱墓址不知何处，便依他《自为墓志铭》里"曾营生圹于项王里之鸡头山"一句往寻。项王里如今叫项里村，似乎是项羽起兵前隐居之所。明清易代后，张岱也避居于此。此后，项里村便是他的"琅嬛福地"，布衣蔬食，梦忆前身。

　　项里村在徐渭墓园西北方向，车行十余公里便到了。大约两千余年的文化赓续所致，村落并不见古旧建筑，也俨然一派名门气韵。又有一二村人在街巷慢慢踱步，也别于一般乡人。见有外来人，他们都侃侃而谈项羽，说山上的神秘图案。问及张岱，竟无一人知晓。鸡头山是晓得的，村头小河对岸便是。

　　顺着村人指处，对岸的小山包就是鸡头山。过河后行数百米即抵达，一座依河的荒山而已，除却一个老农搭了两间窝棚养了几十头羊和百余只鸭，还有一条见到生人汪汪直叫的老狗，及一些杂树丛生，再无余物。

　　"呜呼，有明著述鸿儒陶庵张长公之圹！"当年清人李研斋曾为张岱题写这句碑铭。而今我只好慨叹："呜呼，明著述鸿儒陶庵张长公之圹竟无处寻！"

　　幸而鸡头山有眼见的好风水，青山绿树一水环绕。陶庵先生墓冢大概与山体相融了吧。身后归于泥土，是谁也脱不了的宿命，此为"托体同山阿"。写这句的陶渊明先生亦然。

　　一年炎夏，我在庐山南麓康王谷中避夏。适逢中元，出谷半日，捧一束雏菊谒陶渊明先生墓。先生墓址位于谷外面阳山。墓冢近颓芜，好在安静，不扰先生清净，正合他"居止次城邑，逍遥自闲止"的心意。他归止于斯，与清风、明月、山林、鸟兽为伴，自逍遥去了。

壬辰缓散写至庚子仲秋

永州的气息

前一阵与一群作家朋友行走在永州的山水里，夜里零散读袁子才的《子不语》。连日秋雨淅淅沥沥，将夜浸得有了鬼魅气，仿佛山石树影里都隐了怪力乱神。

某夜恰三鼓，偏读至《叶老脱》一篇，吊死鬼彳亍，无头鬼提两头继至，又有黑面鬼四肢黄肿鬼紧跟……啧啧，浑如他们一个个由字里跳将出来，悠悠忽忽到我近前，鼻子一嗅："此间有生人气。"念及此，后背嗖嗖一阵凉意，寒毛卓竖。

若真如此这般，我敛了鼻息也无用吧？气息所致。鬼有诡谲气，一个人，一处地方，都有相应气息。有人是寂静的，有人是清浅的，有人如阳光，有人又凉薄……皆因其气息不一。譬如此行里，水运宪有逸气，姜贻斌有怪气，胡竹峰有古气，谢宗玉质朴，岑杰疏朗……王亚勉强有些清气。

有的地方气息芜杂，便呈现出躁郁状，趋功近利气浮难安。而永州的气息精纯，兼具有清淑气、沉厚气、书卷气，也有烟火气。大约因为有柳宗元。

一水成潇湘

"清淑之气"是韩愈老先生予我家乡郴州之语。老先生过郴州时，与郴人廖道士交好，有《送廖道士序》云："郴之为州，又当中州清淑之气，蜿蜒扶舆，磅礴而郁积。"

永州与郴州皆属湘南，在同一片山水间沐着同样的天地精气，清淑之气磅礴郁积亦是不可争的事实。或可说，永州与郴州算一母同胞，血脉渊源中，有着相似的气息。

譬如，永州的蓝山与郴州的嘉禾。山岭重叠，荟蔚苍翠，浮空如蓝，之为"蓝山"。清李元度《南岳志》引《湘衡稽古》说："炎帝之世，天降嘉禾，帝拾之以教耕，以其地为禾仓"，此为"嘉禾"。由字面看，似乎两地并无甚勾连。实则两千余年前他们便同隶属桂阳郡，一直不曾分开，及至数十年前。一条春陵江由临武发源，流经蓝山、嘉禾，再穿桂阳，直至汇入湘江。一路山连绵，水蜿蜒，更算得兄弟几个扶舆相携一齐走江湖。两地口音也极似，任是当地人也分不清谁的话是蓝山话，谁又带嘉禾音。

永州、郴州亦同属同类。

兄弟里，谁为伯仲？若非得较真一番，永州一地于秦始皇二十六年设零陵县，隶属长沙郡；郴州原属桂阳郡，汉高帝六年设郡。两者依旧难分伯仲。此为历史范畴。

再从地理范畴看。潇湘一脉里，干流潇水便源出永州蓝山，是母亲河发源处。一水北去，湖湘文化便渐渐衍生了。这样算，便永州为正统，郴州为旁支了。

我非得论什么伯仲兄弟呢？总是兄友弟恭，一派的清淑之气。

见永州之清淑由蓝山始。那日，秋雨淅沥，益发涤出清气。蓝山在九嶷山东麓，深秋至此，犹连山青碧，实在当得起"苍山如蓝"的名头。一座小城，人宁和、山苍翠，温柔又敦厚，正宜滋养生息。

湘江源就发于此。《山海经》云："湘水出舜葬东南陬，西环之。"据此而论，湘江源头就在这九嶷山东南一隅。山中一溪而出，环山之西，折而向北，一水分楚粤，成潇湘。

三百八十年前春暮，被父辈寄寓"弘祖"之愿的读书人，布衣素履独自到了蓝山。那几日，雨正连绵，他也足痛不胜履，且山道中路杳无人，便止行。是夜雨霁，明星皎然。也是这日，这位名弘祖的中年书生在一岭中"遇见"了一条小溪。"其水东流过东山之麓，折而北以入岿水。又南四里，为江山岭，则南大龙之脊，而水分楚、粤矣。"这段话被录在他的游记里，游记题名《徐霞客游记》，小溪如今则被唤作湘江源。

徐霞客经过的山岭，就是蓝山县紫良瑶族乡的野狗岭，现属于湘江源国家森林公园。

寻山慕水总须经一番周折。一个多小时的车程颠簸后，尚要步行，加之凄雨不歇，冷风添寒，一行人已然了无兴致。新修的木质栈道倒也不显突兀，行一截路后，渐见茂竹丛林，流水淙淙，山野气蔚然。偶有一树横斜拦了去路，便一笑越过。

一路循水踪溯源。那溪流并非在谷中凹处暗藏，而是沿山石朝低处奔徙，全无一星泥淖。即便只一溪，竟已有了大气象，由山石间一泻而下后，在石面上铺平了坦荡荡

前行。溪边杂树野花被浸染得油汪汪的，绿是油绿，红是
润红，谁也不搭理秋风秋雨。

栈道又走几折就打止了，尽头是几重小瀑布，由初始
的细细水帘，几层落差后，而为一泓涧泉。落差间水流激
石，竟在山间撞出回音，声响恐能漾出里许，回身再看，
山间烟云氤氲，算得上响遏行云了。

自九嶷山东麓出后，这一脉一路发浚奔泻，而另有一
脉则萦回委婉，两水汇于永州空旷处。奔腾之势于此渐次
和缓，婉转之水于此始得开阔，由此，一水成潇湘。

有一日，谪于永州的柳宗元立于潇湘水汇处，起了故
乡之思。

苍 梧 之 野

柳宗元在永州，得以遁潇湘观鱼鸟，也登西山、眺九
嶷。九嶷山在苍梧之野。

"苍梧"是上古传说中的古国，为蛮荒之地。舜帝南
巡至此，开启教化，也死于斯，葬于斯。

还有《山海经》，有一则说："南方苍梧之丘，苍梧
之渊，其中有九嶷山，舜之所葬，在长沙零陵界中。"舜

葬于九嶷山的说法，《史记》《南淮子》《礼记》中均有佐证。想来是错不了了。

"九嶷"原名"九疑"。苍梧之野多奇峰秀水，峰有九座，各导一溪。偏九峰山势大同小异，游人往往分辨不清，故曰"九疑"。相传，舜帝死后，娥皇、女英千里迢迢前来寻觅，也因九峰太过相似，终未得见。山中盛产毛竹，娥皇、女英泪洒竹上，经久不失。数千年来，九嶷山中修竹上犹有斑斑泪迹，是为"斑竹"，也叫湘妃竹。

有舜帝陵、湘妃竹的苍梧之野、江南九嶷，北宋时更名"宁远"，一直沿用至今。宁远在众山之间，南有九嶷山，北倚阳明山，真真是既宁且安的山中小城。

上古时，此地莽荒，自舜教化以来，数千年文化更迭，早已凝成沉厚之气。质朴，寡言，沉稳，一脸的宁和。这是我理想中宁远的模样，如老成持重的书生，中了进士亦面容寂然。不因外物悲喜，有竹的品性，此为宁远。

明代书生沈自晋有句"掩柴扉，谢他梅竹伴我冷书斋"。九嶷山处处修竹，亦可算宁远良伴。宁远有文庙，文庙的良伴是一株石榴，一泮池残荷。

人们往往惯于破坏。能在久远的文化隔膜中将文庙留下来的城市是可敬的。由此，一座城的文气才得以延续下去。见了文庙后，我大约知道了，宁远沉厚的因由。

宁远文庙在闹市。路边一株虬枝古雅的石榴树，一半已"撕裂"开，横斜了在文庙红墙前。为防树委顿，特铸了"熊大熊二"兄弟俩来守护着。熊大扶主干，熊二叉腰扛起撕裂的另一半，与文庙嵯峨的门楼和门上方的"道冠古今"四字形成极有趣的反差。这亦是宁远式的中庸吧？

宁远文庙始建于宋。入即见半月泮池，内有残荷，能想见盛夏时亭亭如盖之状。荷残有残的桀骜，盛有盛的肆意，泮池总能接纳。古之文庙学宫多有泮池，月半形制。依古礼，天子太学中央有一座学宫，称为"辟雍"，四周环水，而诸侯之学不得观四方，只好泮水，意为"半天子之学"。

宁远文庙泮池无泮桥，便绕池往棂星门。棂星门以青石垒就，上镌麒麟狮象，呈跳跃奔突之态。入得大成门后，各门、殿层层递进，皆屋宇轩昂。内里最值得称颂的是石雕、壁画，等等。棂星门头，大成门门当，大成殿殿前丹墀、石柱，均镂刻精美，犹以丹墀、石柱上的蛟龙浮雕为最。各龙鲜活，浑似逐浪翻波，涛声在响。大成殿四围的壁画《圣迹图》施淡彩，勾画描摹皆上乘。

文脉赓续的宁远在唐时曾出了湖广第一状元李郃。

状元故里位于宁远县城西南三十公里，名为下灌。一座村庄，难得的有清和之气。村前有小河，河上一座木质廊桥，石桥、祠堂、状元楼分散在村中各处。一群老者聚在祠堂西台下扯谈，下类似于五子棋的"三三棋"，无非油漆画了棋盘，石子瓦砾就是棋子，一番手谈论战。

此村还有不同于一般村庄的一样，各色麻将四处林立。据说，源于李郃发明的"叶子戏"，即麻将前身。李郃在时怕不曾预见到千余年后，叶子戏能成为文化吧？

虽发明叶子戏，李郃也并非耽于游艺的纨绔，时愿如舜帝般，勤民事，苦忧人，只为苍生不为身。

于永州而言，舜已然是一种图腾。

都 是 文 章

自唐始，柳宗元也是永州的图腾，有了他，永州才得遍地诗文。

清深的潇水自蓝山发源后，流经江华、江永、道县、双牌，又接纳了西河、消江、伏水、永明河、宁远河，在永州的萍岛与湘水汇合，潇湘自此而盛。岛上古木参天，端的悄怆幽邃。潇湘八景中的"潇湘夜雨"就在萍岛，伫立洲头望湘江北去，竟有了怀古之思。

千余年前，柳河东（柳宗元祖籍河东郡，故又得此名）立于此时，也曾作渔父之吟。彼时，也是秋日，也如我们一样经了连日苦雨，终究雨霁天晴。柳河东在这萍岛洲头，望潇水奔腾，湘水逶迤，在此交融了相携北去。一激越一婉约的潇湘二水，流至此竟一碧连天，波澜不惊。虽天高水阔，柳子此刻却听得"杳杳渔父吟，叫叫羁鸿哀"，便作《湘口馆潇湘二水所会》一首。如下：

> 九疑浚倾奔，临源委萦回。
> 会合属空旷，泓澄停风雷。
> 高馆轩霞表，危楼临山隈。
> 兹辰始澄霁，纤云尽褰开。
> 天秋日正中，水碧无尘埃。
> 杳杳渔父吟，叫叫羁鸿哀。
> 境胜岂不豫，虑分固难裁。
> 升高欲自舒，弥使远念来。
> 归流驶且广，泛舟绝沿洄。

渔父吟、羁鸿哀，正是柳河东当时心境的投射。革新被贬、羁旅十年、人生困顿，如何不起渔父之思，如何不闻鸿雁声哀？

也幸而是永州十年，让柳河东与这些山水相晤，涤去了他的抑郁忧愤。如此，方渐渐抵达屈子《渔父》中"不凝滞于物，而能与世推移"之境。柳子离永州时，该对着这山水长作一揖吧？我颇想往前追千余年，去看看柳子行前的眼神，依恋、不舍、决然？或许都有。

离开萍岛沿潇水溯流而上，不久便能到柳子庙。柳子庙在愚溪畔，始建于北宋年间，是当地老百姓为纪念柳宗元而建。

柳子庙前庭是个戏台，檐下一匾题"山水绿"。入得中殿，抬眼又见门上匾额四个大字"都是文章"，不觉心中一震。这一呼一应，正是柳子永州十年的判词。以山水洗困顿，也将山水铺纸作文章。由此，永州山山水水也都是文章。

又往愚溪以西。愚溪即冉溪，昔日柳子名愚溪而居，且作《八愚诗》。愚溪、愚丘、愚泉、愚沟、愚池、愚堂、愚亭、愚岛，是为"八愚"，若再加上柳"愚公"，得算"九愚"了。愚溪西行不足里许，就有《永州八记》所在，钴鉧潭、西小丘、小石潭都在左近。钴鉧潭在西山西，潭西二十五步便至西小丘，山石突兀偃塞。从小丘再西行百二十步，则为小石潭，确乎幽篁为障，全石为底。这日趁暮往寻，八记得三，景皆素常，水亦不复清冽，幸仍见天高气迴。

食次沸腾

　　柳子庙中有《荔子碑》，因起首句"荔子丹兮蕉黄"而得名。碑记文辞出自韩昌黎，碑文颂柳河东，而书者为苏东坡，故称"三绝碑"。昌黎先生为柳子作此篇数百年后，苏东坡也曾作一碑记，为韩昌黎而作。文中一样以"荔丹""蕉黄"以悼，韩柳二位老友算隔着文章遭逢了。

　　不说祭品，说回苏轼。老苏是吃货，近千年来，世人皆知。某次，他与友人"论食次"，郑重其事取纸蘸墨写下："烂蒸同州羊羔，灌以杏酪，食之以匕不以箸。"

　　何为"论食次"？就是评论天下美食。由此来看，在他的胃肠记忆里，黄州的猪肉、儋州的生蚝、镇江的豆腐、长沙的笊笋、岷江鱼、河豚、芦菔、羊脊骨……凡他诗词文章中曾写过的美食，都不如这同州羊羔。同州是山陕沿河交界的要冲，当地的羊羔味道鲜美。把羊羔蒸得酥烂，浇上杏仁酪,吃的时候执匕首,不使箸,图得便是一种快意。大观园里老祖宗也好一口蒸羊羔,却不让宝玉等人吃,说:"这是我们有年纪的人的药,没见天日的东西,可惜你们小孩子吃不得。"原来羊羔是羊胎啊!

提及蒸羊羔,不免想起相声里最有名的贯口《报菜名》:蒸羊羔、蒸熊掌、蒸鹿尾儿、烧花鸭、烧雏鸡儿、烧子鹅、卤猪、卤鸭、酱鸡、腊肉、松花、小肚儿、晾肉、香肠、什锦苏盘、熏鸡、白肚儿、清蒸八宝猪、江米酿鸭子……啊呀呀,简直食次沸腾。莫说吃,便是都看一看,嗅一鼻子也成啊。很长一段时间,我的理想就是把《报菜名》里的美食一一吃遍。啊呀呀,简直食次沸腾呀!

这回永州之行,我这一理想算是达成了,由湘江源头一直吃到潇湘起始。及至吃到柳子庙前,干脆来了一场百家宴,一条柳子街由街头摆到街尾,桌与桌首尾相衔,连亘数里,腾腾如沸。将俗世烟火与书香气韵如此彻底绾合,还偏不让人觉出俗来,怕世上独此一地吧?

任是前几日吃了多少"报菜名"的佳肴美馔,到最后这个沸腾之夜,便食次也懒论,只剩围不住的欢乐了。人声鼎沸,烟火鼎沸,食次鼎沸,推杯换盏鼎沸,划拳鏖战鼎沸……一整条柳子街沸腾如炽,人们的欢乐如同带皮的大肘子在炼油锅里一般。这一夜的宴饮简直不为吃，为看人吃喝。孩童由这桌窜至那桌，拈块肉油滋滋的一大口，嚼一嘴油又跑了。被劝的与劝酒的一直博弈，终究架不住，脖子一扬，一口饮尽。父子、叔侄一划起拳来，都成了兄弟——哥俩好啊，六个六啊……湘南男子划拳如同北方的号子，且得吼出来，还押韵，便是划输了，阵势也不输。不远处的广场上尚有歌舞弦管，也是一番不尽繁华。

待得酒冷羹残，繁华散尽。女人们来了，提了泔水桶，拎了木托盘，抬了竹箩筐，且笑且骂且收拾。

再喧阗的夜也终有冷火秋烟时。酒气经风一吹，寒气就上来了，得寻柳河东先生吃杯热茶才好。问问他在这愚溪做愚公千余年，眼见了这许多人世烟火，几多欢喜几多愁？

散了吧，散了好。

戊戌清秋

事了拂衣去

我老家管"习武"叫"学打"，譬如儿时听祖父们聊天，说"某某是学打的""某某年轻时学过打"。大概人们约定俗成的意识里，武术须实用，健体也防身。

祖父口中学打之人，我见过两个，一个精瘦，一个矮壮。精瘦的略年长些，夏天着粗布坎肩，胸前肋骨历历可数，手臂也细瘦，叫人疑心是否推搡便倒。矮壮的眼见得下盘稳当多了，横生了一身的大腱子肉，讲话好似打锣，将一根扦担舞得密不透风。这两位大约并未照面过，我却总想着他二人能比试一场才好。我甚至未曾见过精瘦的那位展露功夫，却总觉得他才是隐于市井的江湖高人，便不出一招，也比舞扦担那位的虚张声势要令人心折。

我不记得生出此念的因由，总以为他看似羸弱的病容间那一双时常耷拉着的眼眉，会偶尔射出精气，露出峥嵘。凡他涉足之处，宵小必纷纷遁匿。抑或他满足了我对武侠小说中江湖高人的设想，不显山不露水，却堂堂正正一腔侠义。他是我心中"莫大先生"的现实映照。身材瘦长、形容枯槁，披一件青布长衫，手中拉着胡琴，忽然眼前青光一闪。这是莫大先生。

少时好读武侠。同龄女孩都捧着琼瑶、三毛泪眼婆娑，我尽跟着韦小宝、令狐冲、段誉、石破天们瞎混。总以为上一世我就是一个女侠，梦里也仗剑走天涯。

书里的侠客们都各怀绝技、各具性情、身世各异，唯一相似的是秉持正义。世事混沌时他们就现身了，待得天地清明，便拂衣而去，功名深藏。这是李太白诗里的侠之大者。太白自身就是尚义任侠之人，执一箫一剑作侠客行。他的《侠客行》里白马银鞍的赵客或许就是自己的写照，"十步杀一人，千里不留行"，可知剑法和轻功都已臻入化境。关键是还行侠仗义，还一诺千金，还不图名利，更关键的是还潇洒帅气。太白做诗仙疏狂，做侠客俊逸，若生在当下，真真能让人爱煞了。

回头来寻一寻，武侠小说里谁堪做侠客李白？《三少爷的剑》里三少爷谢晓峰大约算得一个。年少成名，风流倜傥，剑法浑然天成无迹可寻，他在祁连山战胜了魔教教主后便"深藏功与名"，成了混迹市井的没用的"阿吉"。

若论侠义，靖哥哥可拔得头筹。集"降龙十八掌""九阴真经"和"左右互搏"三大盖世武功于一身的郭靖大侠，率领群雄在襄阳抗击外敌，堪为"侠之大者"。只靖哥哥终究愚笨了些，恐怕未必能在太白跟前讨喜，比如黄老邪就宁肯将黄蓉嫁给欧阳克，都不愿许给郭靖。

若以潇洒论，黄老邪肯定也得算一个。每次读《射雕英雄传》，我都揣测，金庸大侠的偶像一定是黄老邪。唯其如此，才能将他写得风仪若仙。

黄老邪一出场就气质不俗。"毫不着意的缓缓走来，身形飘忽，有如鬼魅，竟似行云驾雾、足不沾地般无声无息。"与谢晓峰一样，黄老邪亦是天纵奇才，上通天文，下晓地理，五行八卦、奇门遁甲、琴棋书画，乃至农田水利、经济兵略都无不通晓。他孤僻狂傲，离经叛道，或许算不上正义之士，甚至有些邪恶。他会一怒而逐弟子、困老顽童，他也立于高松之巅，一支洞箫流转便轻易地让欧阳克那个奸淫小人几乎失去心智。

便来说黄老邪这"箫功"。此功名唤"碧海潮生曲"，是黄药师自创曲目，虽为箫曲，实则是音律的博弈。清羽之音仿佛荡气回肠，却暗藏内力，正似大海浩渺中暗流湍急，随时会有性命之虞。黄老邪便在风轻云淡里将对手击垮，你再回头看他，仍旧立在那里，湛然若神。

这样的黄老邪又至情至性，妻子去后做了花船，思算携了她的玉棺，月夜出航，让海浪打碎船身，与她一同葬身大海。以为女儿黄蓉身逝，仰天狂笑，越笑越响，及至歌哭不已。世人都觉得他心性凉薄，殊不知就连梅超风这样的恶女人也对师父誓死追随。他全不在意被误解，亦从未为世俗所扰。他自然算不得英雄，却在蒙古大军围困襄阳时，摆下奇门术数二十八宿大阵与大军周旋。

自从知道箫是黄老邪的兵器，我看旁人再执箫便都成了俗人。譬如，《还珠格格》里有个一箫一剑的萧剑，琼瑶阿姨本想写成一个潇洒、智慧、文武双全的侠士，气韵上却欠了太多。古龙大侠的《九月鹰飞》里那位玉箫道人就更俗不可耐了，是一个装饰艳丽、过分注意仪表，显得颇为油腻的道人。

据说，箫是模拟风吹的管乐器，那箫声便是漫天风声。这该是世上最空灵的音乐了吧？看来，携箫管的人真得具仙气。有几人堪执？

春秋战国时，诸子中怕也只孔子、老子、庄子、墨子配得。孟夫子太迂，太把自己当政治家；荀子、韩非子是典型的哲学家，又过于严谨。屈原的忧国忧民与他的浪漫气质适宜箫乐，三国周郎风度翩翩又尚音律算个中好手，魏晋竹林七贤自然也好，唐一代首屈一指就只一个李太白。

后来再读，竟觉得金大侠写了一个他理想中武侠版的太白——黄药师，那股子气韵风度简直酣畅淋漓。

黄药师们自然也都当不了太白，任侠一道或可摹得一些，太白才情几人堪比？

回头来再聊太白兄。太白的箫自然不能如武侠小说杜撰的那般可以音律杀人于无形，他的武器是剑，太白的剑术亦有据可考。太白漫游襄阳时，闻时任襄州刺史兼山南东道采访使韩朝宗知人善任，便书一纸自荐。在这封书信中，他自述"十五好剑术"。太白剑术到底如何呢？诗人魏颢曾为太白辑录《李翰林集》，他在序中写道："少任侠，手刃数人。"能手刃数人，可知太白兄剑术高超啊。又譬如，《侠客行》里的"十步杀一人，千里不留行"。如此，太白兄剑法高明几乎是不存疑的事实了。

太白的剑有来处、师从，传说他的师父是大唐第一高手裴旻，公认的"剑圣"。裴旻世称"裴将军"，颜真卿、王维都曾为他作诗，只王摩诘着眼于将军的战功，而颜鲁公专摹将军剑舞。提及剑舞，李白好友杜甫也曾写到一位剑舞高人公孙大娘。此诗前段一改老杜沉郁顿挫诗风，竟有了浏漓飘逸之感，妙笔如公孙大娘绝伦的剑舞一般，突然而来，忽然而止。而后段写天宝旧事，天涯流落，有建安气骨，又清俊又悲怆。末了两句尤甚，"老夫不知其所往，足茧荒山转愁疾"，沦落荒野，去住茫然。诗就此收住，恍若林间箫声呜呜咽咽又骤然中断，将人心也抽出去了。全诗几可见公孙大娘宝剑出鞘，寒光乍泄，其声怆然。

老杜怆然，太白际遇亦怆然。若在《侠客行》里他托身为"赵客"，那么，《赠从兄襄阳少府皓》的"托身白刃里，杀人红尘中"便着实是写自己了。只侠客太白生活现状却比不得武侠小说里的黄药师们，《赠从兄襄阳少府皓》就是太白写给堂兄请求接济的。诗一半写年轻时的裘马轻狂，一半写此刻的落魄悲路，读来让人不免唏嘘不已。太白的英雄末路尚不在此，而是在加入永王李璘幕府以后。太白以侠士的一腔报国热情投奔永王，也被动卷入了皇室内部的倾轧，以致流放夜郎，被赦不久便卒于当涂。现实终究不是武侠小说，谪仙李白也终究沦落凡俗，做了一位诗人、一个酒徒、一介游侠。

我宁愿相信他仍旧是那个骑白马跨银鞍，飒沓如流星的侠客，"事了拂衣去，深藏功与名"，只留下一个江湖的传奇。

戊戌仲冬